AF188227

Tucholsky Wagner Zola Scott Sydow Freud Schlegel
Turgenev Wallace Fonatne

Twain Walther von der Vogelweide Fouqué Friedrich II. von Preußen
Weber Freiligrath Frey
Kant Ernst
Fechner Fichte Weiße Rose von Fallersleben Richthofen Frommel
Hölderlin
Engels Fielding Eichendorff Tacitus Dumas
Fehrs Faber Flaubert
Eliasberg Ebner Eschenbach
Maximilian I. von Habsburg Fock Eliot Zweig
Feuerbach Ewald Vergil
Goethe Elisabeth von Österreich London
Mendelssohn Balzac Shakespeare Dostojewski Ganghofer
Lichtenberg Rathenau
Trackl Stevenson Hambruch Doyle Gjellerup
Mommsen Tolstoi Lenz Hanrieder Droste-Hülshoff
Thoma von Arnim
Dach Verne Hägele Hauff Humboldt
Reuter
Karrillon Garschin Rousseau Hagen Hauptmann Gautier
Defoe Baudelaire
Damaschke Descartes Hebbel
Hegel Kussmaul Herder
Wolfram von Eschenbach Dickens Schopenhauer
Bronner Darwin Melville Grimm Jerome Rilke George
Bebel
Campe Horváth Aristoteles Proust
Bismarck Vigny Barlach Voltaire Federer Herodot
Gengenbach Heine
Storm Casanova Tersteegen Grillparzer Georgy
Chamberlain Lessing Langbein Gilm
Brentano Lafontaine Gryphius
Strachwitz Claudius Schiller Kralik Iffland Sokrates
Bellamy Schilling
Katharina II. von Rußland Gerstäcker Raabe Gibbon Tschechow
Löns Hesse Hoffmann Gogol Wilde Vulpius
Luther Heym Hofmannsthal Gleim
Roth Klee Hölty Morgenstern Goedicke
Heyse Klopstock Kleist
Luxemburg Puschkin Homer Mörike
La Roche Horaz Musil
Machiavelli Kierkegaard Kraft Kraus
Navarra Aurel Musset
Nestroy Marie de France Lamprecht Kind Kirchhoff Hugo Moltke
Laotse Ipsen Liebknecht
Nietzsche Nansen Ringelnatz
Marx
von Ossietzky Lassalle Gorki Klett Leibniz
May vom Stein Lawrence Irving
Petalozzi Knigge
Platon Pückler Michelangelo Kafka
Sachs Poe Kock
Liebermann Korolenko
de Sade Praetorius Mistral Zetkin

Der Verlag tradition aus Hamburg veröffentlicht in der Reihe **TREDITION CLASSICS** Werke aus mehr als zwei Jahrtausenden. Diese waren zu einem Großteil vergriffen oder nur noch antiquarisch erhältlich.

Symbolfigur für **TREDITION CLASSICS** ist Johannes Gutenberg (1400 — 1468), der Erfinder des Buchdrucks mit Metalllettern und der Druckerpresse.

Mit der Buchreihe **TREDITION CLASSICS** verfolgt tradition das Ziel, tausende Klassiker der Weltliteratur verschiedener Sprachen wieder als gedruckte Bücher aufzulegen – und das weltweit!

Die Buchreihe dient zur Bewahrung der Literatur und Förderung der Kultur. Sie trägt so dazu bei, dass viele tausend Werke nicht in Vergessenheit geraten.

Die Totenfresser

Niklaus Manuel

Impressum

Autor: Niklaus Manuel

Umschlagkonzept: toepferschumann, Berlin

Verlag: tredition GmbH, Hamburg
ISBN: 978-3-8424-9181-6
Printed in Germany

Text der Originalausgabe

NIKLAUS MANUEL

Spiel
evangelischer Freiheit

Die Totenfresser

»Vom Papst und seiner Priesterschaft«

1523

Zum erstenmal nach der einzigen
alten Handschrift herausgegeben
und eingeleitet von
Ferdinand Vetter

H. HAESSEL VERLAG
LEIPZIG 1923

Einleitung.

Unsere Aufgabe.

Niklaus Manuels Fastnachtsspiel »*Die Totenfresser*«, als »*Spiel evangelischer Freiheit*« schon von dem gleichzeitigen Geschichtschreiber Anshelm gepriesen, ist für den Mann, für seine Zeit und seine Heimat – die damals noch fast ausschließlich deutsche Schweiz – so bezeichnend, daß wir den Dichter Manuel als Vertreter der »Schweiz im deutschen Geistesleben« am besten in weitere Kreise glauben einführen zu können, wenn wir dieses erste und wirksamste seiner volksmäßigen Bühnenspiele vollständig mitteilen, statt eine Auswahl von einzelnen Stellen desselben und etwa noch von zwei oder drei kleineren Dichtungen dem Leser vorzulegen, der sich von dieser eigenartigen, mehr genannten als gekannten Dichterpersönlichkeit ein Bild machen möchte. Dazu kommt, daß wir auf Grund neuerer Entdeckungen und Forschungen gerade dieses Spiel zum erstenmal in der ursprünglichen und allein des Dichters würdigen und für den heutigen Leser genießbaren Gestalt glauben bieten und damit auch dem der Literatur und der Geschichte beflissenen Fachmann fast ein neues Stück Manuel vorführen zu können. Da wir uns seit vielen Jahren mit unserm Berner Maler, Krieger, Dichter und Staatsmann beschäftigen, hoffen wir später, in besseren Tagen, noch Zeit und Kraft zu haben, um eine vollständige Ausgabe seiner echten Schriften in Verbindung mit einer neuen eingehenden Darstellung seines Lebens und seiner künstlerischen Tätigkeit zu vollenden. Für heute und hier beschränken wir uns – um für dieses Muster- und Meisterstück von Manuels Dichtung den nötigen Raum innerhalb der uns vorgeschriebenen Grenzen einigermaßen innezuhalten, auf kurze Angaben über seine schriftstellerische Tätigkeit und Bedeutung.

Die Vorgänger.

Die Mannigfaltigkeit der Begabung und Betätigung, die wir an den großen Italienern des Rinascimento bewundern, findet sich vielleicht bei keinem Manne deutschen Stammes so auffallend wieder wie bei Manuel. Sie ist aber doch wohl auch das Verhängnis seines Lebens und seines Lebenswerkes gewesen, das bei der kurzen ihm vergönnten Spanne Zeit auf keinem der Gebiete seiner Tätigkeit die reifen Früchte gezeitigt hat, worauf seine reiche Natur Anspruch hatte. So ist auch seine volle Würdigung erst den eingehenden geschichtlichen, kunst- und literarhistorischen Forschungen des 19. Jahrhunderts vorbehalten gewesen. Frühere Zeiten kannten ihn zumeist nur als einen der Vorkämpfer der Berner Reformation, die er dichtend und malend, durch seine Fastnachtsspiele und durch seinen Totentanz, befördert habe. Zwar der Zeit- und Gesinnungsgenosse *Valerius Anshelm* steht noch unter dem Eindruck der seltenen Vielseitigkeit des Mannes: er hebt die Wirksamkeit des Fastnachtsspieldichters Manuel nachdrücklich hervor, gedenkt aber auch lobend des »künstlichen Malermeisters« und seiner vielfachen Verdienste in öffentlichen Stellungen, zu denen der »junge, aber wohlberedte, tätige Mann« insbesondere seit dem reformatorischen Umschwung von 1528 – also erst in seinen zwei letzten Lebensjahren – gelangt ist.

Im Zusammenhang mit der Reformationsgeschichte führen wenigstens die Berner Geschichtschreiber der Folgezeit den Venner Manuel regelmäßig in ihren Werken auf. Auch *Samuel Scheurer*, der zum erstenmal, in seinem »Bernerischen Mausoleum« (II, i. J. 1742), eine Biographie Manuels unternahm, beabsichtigt damit zunächst nur einen Beitrag zur Geschichte der Berner Reformation zu geben; doch wird auch des Künstlers Manuel, und zwar nicht bloß des Totentanzmalers, einläßlich Erwähnung getan.

Mehr oder weniger einseitig haben auch die Zeitgenossen und Nachfolger Scheurers bis weit ins 19. Jahrhundert hinein Manuel behandelt. Erst *Karl Grüneisen* aus Stuttgart hat (1837) dem Leben und den Werken Manuels ein eigenes Buch gewidmet und ihn als eine der besondern Darstellung würdige Erscheinung der religiöspolitischen, der Kunst- und der Literaturgeschichte erkannt. Ihm folgte vierzig Jahre später, mit bedeutender Vermehrung des biographischen Stoffes und des literarischen Nachlasses, *Jakob Bächtold* in seiner Ausgabe Manuels (erschienen 1878) nach, auf welcher auch die schöne Darstellung in seiner »Geschichte der deutschen Literatur in der Schweiz« (1892) beruht, und seither hat sich dem so vielseitig tätigen Künstler, Dichter, Staats- und Volksmann eine entsprechend vielseitige Tätigkeit von Historikern, von Kunst-, Sprach- und Literaturkundigen zugewandt.

Über den Maler und Zeichner Manuel haben ausführlicher zuerst in Bächtolds Ausgabe *Salomon Vögelin,* dann – teilweise in besonderen Schriften und Bilderwerken – *Georg Trächsel, Berthold Haendcke, Paul Ganz, Josef Zemp, Lucie Stumm, Eduard von Rodt, Konrad Escher* Förderndes gearbeitet, seinen Totentanz insbesondere (nach der alten Kopie Albr. *Kauws*) *J. R. Wyß* und A. *Flury* im Bilde wiedergegeben, einzelne seiner Dichtungen und deren Sprache *Adolf Kaiser* und *Samuel Singer* erspriessliche Untersuchungen angestellt, zu seiner politischen Tätigkeit *Emanul Lüthi* und *Adolf Fluri* Beiträge geliefert. Einzelne Abschnitte seines Lebens im Zusammenhang mit der Zeitgeschichte – den Mailänder Feldzügen von 1516 und 1522, der Reformation von Basel und von Solothurn, seiner Vogtschaft in Erlach – sind durch den Schreibenden, ferner durch *Wilhelm Vischer d. Ä.* (nach Briefabschriften Moritz v. Stürlers), *Rudolf Steck, Wolfgang Fr. v. Mülinen, Heinrich Türler, Adolf Wustmann* und andere – zum Teil mit Veröffentlichung von Briefen seiner Hand – ins Licht gestellt worden. Einzelne Stücke wurden vielfach in Sammlungen abgedruckt: bei Goedeke und Tittmann (»Totenfresser« von letzterem), bei Kürschner u. a. Für die literarische und reformationsgeschichtliche Seite des Gegenstandes, insbesondere für die ältern Dichtungen Manuels, ist aber seit fünfundzwanzig Jahren die Auffindung der einzigen alten, wenn auch vielfach lückenhaften Handschrift jener frühesten Dichtungen in der Hamburger Stadtbibliothek durch *Fritz Burg* (veröffentlicht 1897 im Berner Taschenbuch) wichtig geworden. Dieser Fund hat uns ein verlorengeglaubtes Gedicht Manuels wiedergebracht und zu vielfachen Berichtigungen in bezug auf die Echtheit mancher Stellen dieser Werke und auf den Wortlaut ihres Textes Anlaß gegeben. Durch *Adolf Fluri* ist ferner (ebenfalls im Berner Taschenbuch, 1901) erwiesen worden, daß die satirischen Verse, die einst auf Manuels Totentanzbildern stunden und unter anderm auch Mönchtum und Geistlichkeit treffen, das späte Machwerk eines Schulmeisters sind und daß Manuel zu seinen Angriffen gegen die alte Kirche erst nach und nach durch die Zeitereignisse und durch den Vorgang der kirchlichen Reformatoren gedrängt worden ist. Volksmäßige Darstellungen seines Lebens und Wirkens, auf Grund der früheren Arbeiten besonders von bernischen Pfarrern (Schädelin, A. v. Greyerz, Ochsenbein, Schaffroth u. a.) verfaßt, gingen daneben noch vielfach her.

Durch den Fund Burgs kam sodann der *Schreibende* zu einer spätern Ansetzung des hier mitgeteilten Spiels »Die Totenfresser« (Beiträge zur Geschichte der deutschen Sprache XXIX, 1903) und gelangte ferner zu den ersten zunächst mehr nur papstfeindlichen als eigentlich reformatorischen Anfängen von Manuels Kampf gegen die alte Kirche, wie er ihn hier bei Burg in seiner ersten erhaltenen Dichtung, dem »Traum« von 1522, führt (Besprechung im Sonntagsblatt des »Bund« 1893). Auf grund dieser neu gewonnenen Erkenntnisse über die Frühzeit des Dichters Manuel veröffentlichte ebenderselbe sodann[1] in Gustav Grunaus »Blättern für bernische Geschichte, Kunst und Altertumskunde« 1916 und 1917 teilweise, und auf das Reformationsgedenkjahr 1917 unter dem Titel »Ein Rufer im Streit« vollständig in Neudeutsch, Niklaus Manuels erste reformatorische Dichtungen: die Satire »Ein Traum« und die beiden Spiele »Die Totenfresser« und »Von Papsts und Christi Gegensatz«, letzteres – ein Bauern-Zwiegespräch – übertragen in gegenwärtiges Berndeutsch, das der Sprache der Reformationszeit immer noch viel näher steht als das heutige Hochdeutsch. In der Sprache Manuels jenes, in berndeutscher Umformung dieses, wurden diese zwei frühesten dramatischen Spiele des Berner Malerdichters am 29. und 30. Juni 1918 unter Führung der Mitglieder des Deutschen Seminars der Berner Hochschule im dortigen Stadttheater nach vier Jahrhunderten zum erstenmal wieder auf die Bühne gebracht. Weder die Bearbeitung noch die Aufführung wurden damals, während des letzten Kriegsjahres, auswärts beachtet; nur von seiten einer beschränkten Ortspresse eines Nachbarkantons, die auch in unserer Zeit der »Umwertung aller Werte« die von rückständigen Glaubensgegensätzen unbeeinflußte Würdigung einer wertvollen geschichtlichen Persönlichkeit nicht verstehen kann, erhub sich nachträglich einiger Widerspruch. Wir ergreifen gerade deswegen gern

---

[1] Mit Beihilfe seines seither verstorbenen Freundes Karl Frey.

die Gelegenheit, zunächst das erste Spiel unseres Landsmanns in der neugewonnenen, erst jetzt eigentlich lesbaren ursprünglichen Form den germanistischen Fachgenossen und den Freunden der ältern deutschen Literatur und Sprachgeschichte vorzulegen. Die Germanisten insbesondere mögen in dieser ersten bereinigten Ausgabe der ältesten und echtesten Überlieferung des frühesten der Manuelschen Fastnachtsspiele, worin die große Lücke aus den bisher allein bekannten gedruckten Quellen ergänzt ist, den Vorläufer sehen einer wissenschaftlich-kritischen Neuausgabe der echten Dichtungen Niklaus Manuels, wozu nach den neuerlichen Entdeckungen und Forschungen, besonders seit der Veröffentlichung der von Grüneisen und Bächtold noch nicht genannten einzigen alten Handschrift, ein dringendes Bedürfnis besteht, wenn Manuel künftig in seiner wahren Gestalt und gereinigt von fremden Zutaten seinem Land und der deutschen Literatur angehören soll. Im Anschluß daran wird eine ausführliche Lebensbeschreibung auf Grund der seitherigen Forschungen die Arbeiten Grüneisens und Bächtolds ergänzen und berichtigen, eine Anzahl beigegebener Bilder den Künstler Manuel dem Betrachter und Leser vorführen.

2

---

2 Hier nur einiges auch für den Leser der »Totenfresser« Wissenswerte. Niklaus Manuel ist nach herkömmlicher Überlieferung i. J. 1484 (in Wirklichkeit vielleicht einige Jahre später) zu Bern geboren und nach sichern Angaben am 28. April 1530 ebenda gestorben. Er war der Sohn des Tuchhändlers und Stadtläufers Emanuel (Manuel) Alamand, genannt Apotheker, und seiner Gattin Margareta Fricker, ein naher Verwandter des Hans Alamand, Apothekers an der Kreuzgasse, dessen Vater Jakob Alamand der Walch (der »Welche« oder »Churwelche«?), ebenfalls Apotheker, aus romanischen Landen (Chieri bei Turin, oder Chur?) über Genf nach Bern gekommen war; aus Genf lassen auch die fabelhaften Stammbäume der Familie den Vorfahr Niklaus Manuels nach Bern gelangen. Dieser selbst führte nochg bei seiner Verheiratung 1509 den Namen Niklaus Allaman, vermutlich weil irgendwo in welschen Landen die vorübergehend in Genf niedergelassenen »Walchen«, seine Vorfahren und Verwandten, als »Deutsche« mochten bezeichnet worden sein; er selbst nannte sich in seinem Künstlermonogramm (NMD) den »Deutschen« (»Dütsch«), im übrigen seit seinen Mannesjahren ausschließlich nach dem Vornamen seines Vaters »Niklaus Manuel«.
Der junge Mann ward Maler und erlernte auch, wahrscheinlich in Basel, die Glasmalerei. Den Höhepunkt seiner künstlerischen Tätigkeit bezeichnet die nur mehr als Kopie vorhandene Bilderreihe des Totentanzes in Bern. In Basel

Die »Totenfresser«.

1. Die Aufführung von 1523 und die Schicksale des Textes.

Es ist der Sonntag der Herren oder Pfaffenfastnacht des Jahres 1523. An der Kreuzgasse in Bern, wo sonst bei dem großen Kreuz, nach dem die Straße benannt ist, der Schultheiß von seinem Richterstuhle aus nach altem Brauch unter freiem Himmel Recht zu sprechen pflegt und wo sich zwischen Leutkirche und Rathaus die beiden Hauptstraßen der Altstadt kreuzen, ist eine geräumige Bretterbühne gezimmert, deren Hintergrund und Kulissen von den malerischen Bürgerhäusern selbst, die aber heute die Stadt Rom bedeuten, gebildet und stadtaufwärts von dem alten Stadttor des Zeitglockenturms abgeschlossen werden. Vor der Bühne drängt sich bereits das Volk von Bern in Erwartung kommender Dinge. Denn hier soll es heute ein Fastnachtsspiel neuer, ja unerhörter Art geben, in dem der Papst selber mit seiner Klerisei auftreten wird, um sich selber und seiner Habsucht und Kriegslust das Urteil zu sprechen und es aus dem Munde der Erzapostel und des evangelischen Predigers gesprochen zu erhalten. Der treffliche Malermeister und Feldschreiber Niklaus Manuel, der schon vor sieben Jahren, und ganz neulich wieder, im Kampf gegen Papst und Kaiser mit Schwert und Feder seinen Mann gestellt hat, der noch letztes Frühjahr im Welschland, bei der Erstürmung von Novara – zum Glück nur leicht – verwundet worden und der blutigen Niederlage an der

---

bewundert man mit Recht sein Schreib- oder Vorlagebüchlein: feine Zeichnungen mit Silberstift auf Elfenbeinplättchen ausgeführt. Der erhaltene Nachlaß des Künstlers Manuel an Gemälden und Handzeichnungen liegt hauptsächlich in den Museen von Basel und von Bern. Hier in der Heimatstadt ist die dekorative Bemalung des Chorgewölbes der Leutkirche (des Münsters) – nicht aber die Wölbung selbst, wie man früher glaubte – sein Werk; an der Erstellung der Chorgestühle daselbst hat er mindestens als Berater teilgenommen.
Zum Dichter haben ihn vermutlich erst die politischen und kirchlichen Ereignisse seit den ersten Zwanzigerjahren des 16. Jahrhunderts gemacht; zur staatsmännischen Tätigkeit hat ihn für seine zwei letzten Lebensjahre der reformatirische Umschwung von 1528 berufen.
Hier haben wir es von nun an nur mehr mit dem Dichter, besonders mit dem der »Totenfresser« von 1523, zu tun.

Biccocca glücklich entgangen ist, hat das Stück verfaßt und mit den jungen Bürgerssöhnen eingeübt: dem ist so was schon zuzutrauen!

Hat er nicht auch den spottenden Landsknechten ihr übermütiges Lied auf die besiegten Schweizer in gleicher Münze heimgezahlt und noch auf dem Heimweg in einem erdichteten Traumgesicht den verstorbenen kriegerischen Papst zur Hölle fahren lassen wegen seines Betrugs mit dem Ablaß und wegen seiner Ländergier und Kriegstollheit? Der Büchsenmeister Fabian besitzt die Handschrift davon, die er freilich noch geheim hält: die altgläubigen Bürger und Junker sind immer noch zu scheuen. Aber heute, an der Fastnacht, will offenbar der Rat ein Auge zudrücken: man sagt sogar, es sei den Spielern von dort eine Beisteuer an ihre Kosten in Aussicht gestellt! Ja, die neue Lehre greift bei den Regierenden wie bei den Regierten kräftig um sich: ist doch auch vor wenig mehr als vierzehn Tagen im Zürcher Ratssaal beim Kampfgespräch über Papsttum, Messe und Heiligenverehrung der gelehrte Vikar des Konstanzer Bischofs dem streitbaren Meister Zwingli unterlegen oder feige ausgewichen und ist doch auch bei uns das Neue Testament Luthers, das sie in Basel drunten so flink nachgedruckt, bereits in vielen Händen . . .

Und da nimmt auch schon der Papst mit seinem Hof auf der Bühne die geschmückten Sitze ein und naht sich aus der Gasse der Leichenzug, der mit seinen Zeremonien die päpstliche Kirche neuerdings wird ernähren und stützen helfen, und hageldicht sausen auf ihren Herrn und sein hohes Gesinde, zumeist aus deren eigenem Munde, die vernichtenden Streiche nieder . . .

Wir wollen die Handlung und die Reden des Spiels nach dessen uns heute durch den Fund *Burgs* geschenktem, aber in dem ersten buchstabengetreuen Abdruck des Entdeckers bisher nur schwer lesbarem Wortlaut und dramatischer Gliederung an uns vorbeigehen lassen. Das Stück baut sich gemäß den Auftritten und Aufmärschen der spielenden Personen in sieben einzelnen Szenen auf, worunter die erste, von den Totenmessen ausgehende, den größten Raum (etwa 648 echte Verse gegenüber 110, 220, 304, 296, 148, 112, zusammen 1190, der sechs andern Auftritte) einnimmt. In den bisher bekannten Texten, die alle – auch der Bächtolds von 1878 – auf eine in starke Zerrüttung gerateneVorlage der noch zeitgenössischen Druckausgaben von Froschauer in Zürich (1524 und 1525) zurückgehen, ist diese Anfangsszene schon von diesem ersten Drucker durch Einschiebungen entstellt worden, die den Zusammenhang unterbrechen oder in die Zusammensetzung der hohen Gesellschaft nicht passen, und die außerdem in ihren Anspielungen auf das Zürcher Religionsgespräch vom Jänner 1523 sich als Zutaten eines wahrscheinlich Zürcherischen Theologen verraten. Es sind das gleich im ersten Auftritt – nebst einigen Ausfällen auf die Lehre vom Fegefeuer (unten hinter Vs. 8 und Vs. 626) – die Reden des neben dem vorhergehenden Bischof gänzlich überflüssigen bischöflichen Vikars Fabler (Faber von Konstanz) über die – erst im Verlauf des Jahres 1523 ihm gewidmete – Spottschrift vom »Gyrenrupfen«, sowie eines Klosterbettlers über den Rückgang seines Gewerbes, gegen das damals (1522 und 1524) Bern und andere Orte einschränkende Maßregeln ergreifen mußten (Beiträge aaO. 96[1]): beide Personen und ihre Reden sind der Hamburger – ehemals Berner – Handschrift noch fremd. Auch im spätern Verlauf und gegen Ende des Spiels sind eine Anzahl von Stellen deutlich erst für den Zürcher Drucker von einem theologischen Überarbeiter zugesetzt oder wenigstens der Einschiebung verdächtig; wo sie in unserer Handschrift noch fehlen, sind sie in unserem Drucke weggelassen. Durch bloße Sorglosigkeit und Gedankenlosigkeit sodann ist in der handschriftlichen Druckvorlage Froschauers, von der alle weiteren Drucke abstammen, vielleicht erst während der Setzerarbeit, die sechste Szene – die der Musterung der Kriegsvölker durch den Papst – unvernünftig in fünf Bruchstücke auseinandergerissen und sodann in geradezu blödsinniger Weise falsch wieder zusammengeflickt worden, doch so, daß sie jetzt mit Hilfe der Hamburger Handschrift wieder richtig und vollständig hergestellt werden kann.

Wir nehmen in die folgende nach der Handschrift gegebene Erzählung der Handlung die wesentlichsten Abweichungen und Zusätze der Drucke (bzw. des Textes bei Bächtold, B) von dem Hamburger Text, in [ ] gesetzt, mit auf, ebenso die wichtiger erscheinenden neuen Namen, die in den Drucken einzelnen Personen beigegeben sind.

2. Die Handlung des Stückes.

Erster Auftritt

(bei Bächtold [B] Vs. 1–752, mit Abzug von 175–210, 437–494, 737–750 und einzelnen andern Versen, die in der Hamburger Hs. [H] noch fehlen; bei uns Vs. 1–28):

Die Totenmessen und die geistliche Hierarchie.

(Die Szene ist wie alle späteren am päpstlichen Hofe gedacht, zu dem aber die Hauptstraße von Bern den stehenden Hintergrund bildet. Alle sprechenden Personen des Spiels sind von Anfang an auf der Bühne anwesend; auch die beiden Apostel des fünften Auftritts erscheinen gleich zu Beginn als Zuschauer auf der Hinterbühne.)

Bei Gelegenheit des Leichenbegängnisses eines reichen Bauern, den die Leidmänner beklagen, triumphiert der Kilchherr mit Meßner [sigrist], Metze und Tischdiener über die Einträglichkeit der Totenmessen und Jahrzeiten. Ebenso der auf dem Throne sitzende Papst, der hiedurch, sowie durch die Schlüsselgewalt und die geistlichen Rechte, durch Ablaß und Fegefeuer, zu Macht und Reichtum gekommen ist. Kardinal, ›byssdschaf‹ [Bischof], Propst und Dekan stimmen ihm bei und preisen das gute Leben, das sie mit Krieg, Jagd und jeglicher Hoffart, dem Evangelium zuwider, aber des Papstes Lehre gemäß, führen; der Pfarrherr mit Metze und Kaplan, der Abt und der Prior samt dem Schaffner, der junge Mönch, die Nonne, die Begine und der Nollbruder [diese beiden in den Drucken umgestellt] spüren dagegen bereits den neuen evangelischen Geist im Volke und die daherige Abnahme ihrer Einkünfte, und sind auch teilweise selbst mit ihrem Stand zerfallen [dem der Mönch flucht] oder nützen ihn zu zweifelhaftem Gewerbe aus [als weitere geistliche Personen sind später – noch nicht in der Hamburger Hs. – hinter dem Bischof der Vicari Fabler und hinter dem Abt und Schaffner der Quästionierer Bonaventura Giler, s. unten, eingeschoben]. Von Laien treten sodann auf: der Landfahrer, der mit seinen Pilgergängen auf »St. Jakobs-Straße« bei den Bauern keine Unterstützung mehr findet, der kranke Hausarme, dem die Pfaffen, Mönche und Nonnen das Almosen vorwegnehmen [und der sich nun einzig des Himmelreichs getröstet, das den Armen verheißen ist], endlich der Edelmann, dessen Vorfahren ihr Gut den Pfaffen und Mönchen gegeben haben und dessen Kinder nun darben müssen, ohne daß ihnen der »Wolfsgesang« der Priester hilft [die mit dem Fegefeuer sich bereichert haben].

Zweiter Auftritt

(Bächt. 753–863; bei uns 629–738):

Die päpstliche Schweizergarde.

Der Gardehauptmann sowie die Gardeknechte Hans Eberzahn [Zahn], Heini Ankennapf, Ludi Krüterziger [Benedict Löwenziger] und Dies [Durs] Kalbskopf preisen den Papst, der sie aus den frommen Spenden der Bauern auf Kosten der Armen reich besoldet und der dem Heini, welcher die Kriegsmetze Sibylla Zöppli [Hure Sibylla Schieläugli] mit sich führt, sowie dem Dies einträgliche Pfründen und Chorherrenstellen gegeben hat, während Ludi ein reicher Dorfpfaffe zu werden hofft. Auch der »Schryber« hält auf den Papst, dessen Geldquellen so mannigfaltig sind, mehr als auf Christus und Petrus.

Dritter Auftritt

(Bächt. 864–1083; bei uns 739–956):

Rhodiserszene.

Von einem Posten und dem Gardehauptmann eingeführt, erscheint ein Rhodiser Ritter und meldet dem Papst, wie seit Mitte Augusts die Türken Rhodus beschössen, wie sie es einnehmen und sodann Apulien angreifen würden, sofern nicht der Papst, der soviel Geld für den Türkenzug gesammelt, Hilfe bringen werde. Aber dieser, der andere Kriege zu führen hat, hat für Rhodus keinen Heller übrig. Der Ritter muß mit leeren Händen nach Rhodus heimkehren, um dort zu sterben, und ruft auf den Papst die himmlische Rache herab, die dem Antichrist angedroht ist; der Türke aber, auf der Szene erscheinend, spottet der Christenheit, die bereits zu drei Vierteilen sein ist und es bald ganz sein wird.

Vierter Auftritt.

(Bächt. 1084–1387; bei uns 957–1260):

Bauernszene

Der Doktor Lüpolt [d. L. predicant; später, vor V. 1834, in beiden Fassungen: doctor Lüpolt (Lütpolt) Schüchnit] flucht dem Papst, der, indem er Rhodus preisgibt, sich unwürdig zeigt, auch nur der geringste Sauhirt auf Erden zu sein, und fragt die herankommenden Bauern, ob auch sie von seiner Schinderei wüßten. Ihrer sieben treten auf und beklagen sich zunächst über den Betrug, der seinerzeit mit dem Ablaß in der Frauenkapelle des Chors der Kirche zu Bern durch den grauen Mönch und Herrn Heinrich Wölfli getrieben worden ist. Gegen sechshundert Jahre lang löse man den Ablaß, der doch immer noch von der Kirche versetzt sei. Diese stütze sich auf die Konzilien und habe doch einst eine Hure zum Papst gehabt. Christus habe der Obrigkeit Zins und Zoll entrichtet, nicht den Pfaffen, und den armen Hirten, Bauern und Laien sei er zuerst verkündet worden. Die Ablaßkrämer, die Christi Heil um Geld verkauft und Gott zu einem Krämer gemacht hätten, seien schlimmer als Diebe: man sollte sie alle ertränken.

Fünfter Auftritt

(Bächt. 1466–1761; bei uns 1261–1546):

Aposterszene.

Petrus kommt mit Paulus aus dem Hintergrund, und nachdem er den Papst lange mit und ohne Brille betrachtet hat, fragt er einen Kurtisan, wer der Mann sei, den man da wie einen Türken oder Heiden auf den Achseln trage. Jener wundert sich der Frage von seiten des Petrus und nennt den Papst den Herrn ungezählter Fürstentümer, die er, der Statthalter Petri, als dessen Erbteil besitzen will. Petrus kann sich nicht erinnern, je nach Rom gekommen zu sein; er ist ein armer Fischer gewesen und kennt weder jenen noch sein Gesinde. Der Kurtisan aber, der den Alten für gedächtnisschwach hält, belehrt ihn über die Macht des Papstes, den man mehr fürchtet als den Kaiser und als Gott selbst und der für Geld den Himmel zu kaufen gibt: Petrus solle sich nur vor seinem Banne hüten. Dieser entsetzt sich über den Frevel an Gott, den sein angeblicher Statthalter begeht: Christus allein könne uns selig machen. Auch von der Schlüsselgewalt, die man, der Auskunft des Kurtisans zufolge, ihm, dem Apostel, zuschreibt, weiß er nichts: die Schlüssel zum Himmel besitzen alle Christen zumal. Er fragt nun den Paulus, was er von dieser Auskunft des »Pfäffleins« halte, und ob er selbst, Petrus, sich wirklich so weit habe vergessen können, als Nachfolger Cbristi, der ihm einst die Füße gewaschen, der Oberste unter allen Christen sein zu wollen. Aber Paulus kennt den Papst auch nicht; täte er die Werke Petri und Christi, so könnte man ihm wohl seine Ansprüche hingehen lassen. Doch dem Petrus ist nichts davon bekannt, daß der Papst je gepredigt oder sich der Armen angenommen hatte, und die beiden sind darüber einig, daß er geradezu das Widerspiel Christi sei. Sie wollen mit ihm nichts zu tun haben; Gott, der keine Frühmesse verschläft, wird diese Gottesschmach nicht ungestraft lassen.

Sechster Auftritt

(Bächt. 1762–1801, 1444–1451, 1388–1443, 1452– 1465, [1802–1833]; bei uns 1547–1664):

Musterungsszene.

Der Papst beruft die Kardinäle zum Kriegsrat und ordnet [unbekümmert um die Gewalttaten, die jetzt zu Rhodus geschehen mögen] sein Heer zum Krieg, wofür er aufs Frühjahr einen Ablaß in deutsche Lande ausschreiben will. Ein Kardinal begrüßt freudig diese Aussichten. Es marschieren auf: der Geschützhauptmann mit einem mächtigen Geschwader [400 Geschwadern], der Hauptmann der Reisigen mit 200 [400] Glenen, der Hauptmann der Stratioten mit 400 [300] Mann, die in zehn Jahren nie anders als im Feld gelegen haben, der Hauptmann der Pellkaner [Italiener], der dem Papst vor langen Jahren zu Ravenna, Rimini, Pistoja und in der Venediger Schlacht gedient hat, der Hauptmann der Eidgenossen, die vor langer Zeit schon für ihn gegen die Türken auf der Tiber [fehlt in den Drucken] gestritten haben, endlich der Hauptmann der Landsknechte, der ihm mit kräftigen Flüchen sechshundert alte Kriegskatzen mit wild zerschnittenen Knebelbärten zuführt. Der Papst heißt seine Kriegsleute willkommen und will ihnen einen Kardinal schicken, der sie mustert und bezahlt; er gibt ihnen Banner und Zeichen und heißt sie sich mit Wein füllen; der Bauer, der die Schuhe mit Weidenruten bindet, muß die Kosten tragen. [Der oberste Hauptmann, Kardinal de Sancte Unfrid, führt das 80 000 Mann starke Heer ab, von dem er einen Katalog gibt: 500 Glene zu Roß, 1000 Ertschiere, 4000 leichte Pferde, 20 000 deutsche und 25 000 welsche Fußknechte, 38 Kartaunen, 22 Schlangen nebst anderem Geschütz, 800 Bauern mit Schaufeln. Der Papst entläßt das Heer mit seinem Segen.]

Siebenter Auftritt

(Bächt. 1834–1945; bei uns 1665–1770.)

Gebet des Doktors Lüpolt [Lütpolt] Schüchnit.

»Herr Jesu Christ, laß uns alle Menschenlehre verachten und an deine Erlösung und an dein Evangelium uns halten statt an des Papstes Acht und Bann und an die Zeugnisse der Heiden. Könnte ich mit einer Axt auf einen Streich die päpstlichen Rechte zerscheiten! Das hieße wahrhaft wider den Türken gestritten. Herr, laß uns auf dich und nicht auf jenen sterblichen Madensack vertrauen und verleih uns deinen göttlichen Segen!«

Das Totenfresserspiel, das der Maler und Kriegsmann Niklaus Manuel während der ersten reformatorischen Bewegungen in Stadt und Land Bern, aber ein halbes Jahrzehnt vor der staatlichen Glaubensänderung, durch die Berner Jungmannschaft öffentlich aufführen ließ, ist ein – in Art und Stil an die zur Fastnacht üblichen Narrengerichte sich anschließendes – eigentliches Volksurteil des jungen Bern über die Mißbräuche der Kirche: über dasWohlleben der Priester, das diese aus den Einkünften der Totenmessen, des Ablasses und der Bußen für die Übertretung des Keuschheitsgelübdes der Geistlichen so üppig zu bestreiten wissen; über die Ländergier und Kriegslust des Papstes, der dann doch für den Schutz bedrängter Christen nicht zu haben ist, das einfältige Volk durch den Ablaß und die geistlichen Rechte betrügt und seine Macht durch ein wohlgerüstetes Heer aufrecht hält. Unser Spiel ist die muntere Abrechnung, die der Laie und bereits beliebte Volksdichter über die bisherigen, aber nunmehr verjährten kirchlichen Ansprüche und Anmaßungen einer- und die Bestreitungen und Anforderungen der Gelehrten und der Ungelehrten aus dem Volke anderseits den Freunden und Gegnern überreicht, – eine bündige, bürgerlich derbe Zusammenfassung der Beschwerden und Begehrungen, die insbesondere durch die Begebnisse des abgelaufenen Jahres beim Städter und beim Bauer wach geworden sind und dort wie hier im unvergessenen Dichterwort und -bild nachwirkend durch die folgenden Jahre zu dem endlichen Umschwung von 1528 zweifellos kräftig beigetragen haben.

3. Das Zwillingsstück der »Totenfresser«: »Von Papsts und Christi Gegensatz«.

In engerem Rahmen ist derselbe Gegenstand behandelt in dem Spiel von *Papsts und Christi Gegensatz*.

Das Stück erscheint überall als Anhang zu dem eben besprochenen Spiele abgeschrieben und gedruckt und ist nach Anshelm nur acht Tage nach jenem auf demselben Schauplatz aufgeführt worden.

Die Gegenüberstellung der weltlichen Pracht des Papstes als des Antichrists und der Demut Christi als des Welterlösers, war ein der Zeit geläufiger Gegenstand, den u. a. schon 1521 Lukas Kranach, mit Versen Luthers begleitet, in dem Passional Christi und Antichristi behandelt hatte, der sodann von Manuel selbst i. J. 1524 in einer Handzeichnung bildlich dargestellt worden ist und bis 1840 auch in der Kirche zu Boltigen im Berner Simmental auf sechs Fensterscheiben gemalt zu sehen war. Das Fastnachtsspiel von Papst und Christus ist im wesentlichen nur ein bewegtes lebendes Bild dieses Gegensatzes. Durch die Kreuzgasse zu Bern kommen zwei Züge verkleideter junger Leute gegen den dort im Mittelpunkt der Altstadt im Freien stehenden Richterstuhl heran: erst von hüben Christus auf dem Esel, die Dornenkrone auf dem Haupte, hinter ihm ein Gefolge von armen Jüngern und von Hilfsbedürftigen aller Art, dann von drüben der Papst an der Spitze seines Hofstaates und seines Kriegsheeres. Zu beiden Zügen machen zwei zuschauende Bauern ihre Bemerkungen, mit derben Ausfällen gegen das weltliche und kriegerische Leben des Papstes und gegen die Ablässe und Wallfahrten, die auf Kosten des gemeinen Mannes sich und die Kirche bereichern.

Der Schwabe und Berner Chronist *Valerius Anshelm* hat etwa zwölf Jahre später in seinem Geschichtswerke (Bd. 4, 475 der neuen Ausgabe, 1893) diese »zwei wohlgelehrten und in weite Lande erfolgreich verbreiteten Spiele« von den »Totenfressern« und von dem »Gegensatz des Wesens Christi Jesu und seines sogenannten Statthalters, des Römischen Papstes« unter der auszeichnenden Überschrift »*Spiele evangelischer Freiheit*« besprochen und ihre Bedeutung gut zusammengefaßt mit den Worten: »Durch diese farbenreichen Schaustellungen (wunderliche anschowungen) derengleichen bisher – als gotteslästerlich – nie erhört gewesen, ward viel Volkes bewegt, christliche Freiheit und päpstliche Knechtschaft überdenkend zu unterscheiden. Es ist auch in dem evangelischen Handel kaum ein Büchlein so oft gedruckt und so weithin ausgebreitet worden als das mit diesen Spielen.«

4. Die Datierung der beiden »evangelischen Freiheitsspiele« Manuels.

Anshelm hat freilich auch – durch sein Ansehen als bester Berner Geschichtschreiber der Zeit – wesentlich dazu beigetragen, daß die Entstehung und Aufführung unserer beiden Spiele Jahrhundertelang um ein Jahr zu früh angesetzt und daß dadurch für die Folgezeit Niklaus Manuel zum Vorläufer statt – was ihm als Laien allein zukam – zum treuesten und erfolgreichsten Nachtreter der ersten wirksamen Schritte der Berner Reformfreunde von 1522 und 23 gemacht worden ist. Anshelm hat in seiner Berner Chronik – übrigens erst im Anschluß an die Ereignisse vom August und September 1522! – die Aufführung auf die Fastnacht »diß jars« (des 1522sten also, mußte man ihn verstehen und wollte er wohl auch verstanden sein) zurückverlegt, mithin diese Schaustellungen um mindestens ein halbes Jahr vor jenen herbstlichen Ereignissen – ein ganzes vor dem geschichtlichen Datum der Aufführungen an der Kreuzgasse – geschehen lassen. Er ist dazu verführt worden – oder seine Nachfolger und Nachschreiber haben ihn so verstanden – unter dem Einfluß der ersten und für lange Zeit einzigen, auch sonst vielfach unzuverlässigen, Zürcher Druckausgaben der beiden Spiele von 1524 und weiterhin, wonach dieselben an der Herren- und an der »alten« Fastnacht 1522 aufgeführt worden wären. Die katholischen Gegner freilich haben diese Vordatierung bemängelt: der Luzerner Stadtschreiber Cysat spricht fünfzig Jahre nach Anshelm sogar von einer »betrüglichen« Zurückstellung des Datums in den Drucken der »hochschmählichen« Berner Komödien. Tatsächlich – wie wir das vor zwanzig Jahren im 29. Bande der »Beiträge zur Geschichte der deutschen Sprache« nachgewiesen haben, freilich ohne seither damit in Bern oder auswärts Zustimmung, aber auch ohne dagegen Widerspruch zu erfahren – tatsächlich sind denn auch in Manuels »Totenfressern« einige Begebnisse der Berner und Schweizer Reformationsgeschichte berührt und teilweise mit wörtlichen Anführungen wiedergegeben, die erst in den spätern Verlauf des Jahres 1522 fallen: der Prozeß des ketzerischen Pfarrers Jörg Brunner im September, die Bittschriften Zwinglis und der Handel des verheirateten Pfarrers Urban Wyß wegen der Priesterehe, Juli bis November, endlich der Kommentar Sebastian Meyers von Bern zum Hirtenbrief des Bischofs von Konstanz, Spätjahr 1522.

Erst diese drei Ereignisse vom Sommer und Spätjahr 1522, sowie die Eroberung von *Rhodus* durch die Türken vom August 1522, haben Manuel für ganze Szenen und Reden seines ersten sicher zu datierenden reformatorischen Fastnachtsspieles, unserer »*Totenfresser*«, den Stoff geliefert und wahrscheinlich auch erst den Anstoß gegeben zu dieser Dichtung, sowie zu der kürzern »*Von Papsts und Christi Gegensatz*«. Denn er ist sicher der Verfasser wenigstens der Urform dieser Spiele, die uns jetzt in der neulich entdeckten Handschrift vorliegt, während für die davon mehrfach abweichende gedruckte Form, worin neben Anspielungen auf Berner und Zürcher Ereignisse von 1523 und 1524 auch einige sehr störende Umstellungen erscheinen, wohl der Ausdruck Anshelms gelten mag, daß die beiden Spiele »fürnemlich« (d. h. größtenteils, in der Hauptsache) von Niklaus Manuel gedichtet seien.

Seit der ersten Ausgabe (Zürich 1524) und seit dem Bekanntwerden des einschlägigen, um 1535 geschriebenen Teiles der Chronik Anshelms gelten diese beiden Spiele als auf die Fastnacht 1522 verfaßt und aufgeführt. Die Benutzung der Berner Ereignisse vom Sommer 1522 in dem größern, alle Mißbräuche des Papsttums zusammenfassenden Stücke ist aber so zweifellos, und die darin vorkommende Eroberung von Rhodus so unentbehrlich im Aufbau des Ganzen, daß an eine frühere Entstehung des Spieles, in das dann die Rhodiserszene erst nachträglich eingeschoben sein müßte, nicht zu denken ist.

Höchst wahrscheinlich ist auch das kleinere Spiel, worin lediglich die kriegerische Hoffart des Papstes und sein Ablaßhandel bekämpft werden, erst zu Fastnacht 1523 entstanden und aufgeführt worden; undenkbar jedenfalls ist eine Aufführung beider Spiele an der Fastnacht 1522, also zu einer Zeit, da Manuel vor Mailand lag. Die Erinnerung des ein Dutzend Jahre später schreibenden Zeitgenossen Anshelm, daß im nämlichen Jahre zu Fastnacht erst das größere, acht Tage später das kleinere Spiel aufgeführt und dazwischen, am Aschermittwoch, ein spöttischer Umzug mit dem Ablaß und mit dem »Bohnenlied« gehalten worden sei, wird wohl richtig sein; nur daß er sich durch die falsche Jahrzahl der Zürcher Ausgaben hat irreleiten lassen. Mit der richtigen Ansetzung dieser Aufführung auf Fastnacht 1523 stimmt es dagegen gut, daß in der ersten Jahreshälfte von 1523 »denen so das Spiel in der Kreuzgasse machten«, 21 Pfund vom Rate geschenkt wurden, während für 1522 weder Spiel noch Spende solcher Art erwähnt werden.

Mit diesen beiden reformatorischen Fastnachtsspielen von 1523, die seine bedeutendste dichterische Tat sind, ist Manuel zwar noch nicht, wie man dies bisher meist dargestellt hat, einer der Heerführer der evangelischen Sache im beginnenden Reformationskampf Berns gewesen;wohl aber ist der reisige Gegner der Politik Papst Leos vom vorigen Frühjahr jetzt, in dem Jahr der Vorreformation seiner Vaterstadt, auch im öffentlichen, bürgerlichen Leben derselben der vernehmlichste und wirksamste »Rufer im Streit« um die Glaubensänderung geworden, die im Brachmonat darauf in dem Reformationsmandat von Viti und Modesti ihren amtlichen Ausdruck und fünf Jahre später, in den Neujahrstagen 1528, durch das große, den Übertritt Berns vollendende Religionsgespräch in der Barfüßerkirche, wo Manuel als bestellter »Rufer« die Sprecher anzukündigen hatte, ihren Abschluß fand.

5. Angebliche und wirkliche reformatorische Dichtungen Manuels vor 1523.
Der »Traum« von 1522.

Daß allerdings reformatorischer, kritischer Geist, in dem gelegentlich auch »Entrüstung den Vers gebar«, schon vor den ersten Berner Reformationswehen von 1523 die leidenschaftlich und dichterisch erregbare Seele des Malers und Kriegers Manuel erfüllte, läßt sich leicht denken und es ist uns davon auch ein vollgültiges poetisches Denkmal geblieben. Wir meinen nicht die Verse zu dem einst berühmten *Totentanz*, welchen Niklaus Manuel schon um 1518 an die Innenmauer des Predigerkirchhofs für die Insassen des Klosters und für die ihnen gewogenen Bürger Berns gemalt hatte und worin seither nur protestantische Verbohrtheit, die schon in dem jungen Künstler Manuel den schneidigen Pfaffenfeind sehen wollte, weil 23 Jahre nach seinem Tode ein beschränkter Schulmeister die Bilder der vom Tode geholten geistlichen Herren und Frauen in seinen holprigen Reimen so auslegte, den Ausdruck »ingrimmigen Hasses gegen die versunkene Klerisei« erblicken konnte: erst vor zwanzig Jahren hat *Adolf Fluri* (im Berner Taschenbuch 1901) ihr und uns den Star gestochen. Auch das erste uns erhaltene Gedicht Manuels, das derbe Spottlied auf die übermütigen Sieger von *Biccocca*, die deutschen Landsknechte, ist noch kein Erzeugnis und Zeugnis des Reformationskämpen Manuel, vielmehr nur eine kräftige Äußerung des Ärgers über die erlittene Niederlage, die lediglich auf die damals noch wenig gebräuchlichen Grabungs- und Deckungsarbeiten des Feindes zurückgeführt wird. Dagegen ist die wenig später – wahrscheinlich auf dem Heimweg aus Italien – entstandene Dichtung Manuels »*Ein Traum*« eine heftige dichterische Absage an die verhängnisvoll gewordene kriegerische Politik der Zeit, wie sie für ihn hauptsächlich in der Person des kürzlich verstorbenen Papstes Leo verkörpert ist und, wie er glaubt, auch künftig, wenn Gott nicht ein Einsehen tut, durch den päpstlichen Stuhl zum Verderben der Welt wird betrieben werden. Niklaus Manuels »Traum«, offenbar zunächst nur für den engeren Kreis der Waffengenossen und Freunde des Dichters bestimmt, und ungewollt durch einen derselben uns handschriftlich erhalten, ist ebenfalls durch den Fund Fritz Burgs uns wiedergeschenkt worden. Das Gedicht ist eine bilderreiche Betrachtung der Zeitereignisse, ein prophetisches Gesicht vom Weltkrieg und vom Papst und Kardinal, gerichtet gegen den Urheber der ganzen heillosen Verwirrung der jetzigen Welt, der samt seinem ersten Würdenträger mit Segnen und Fluchen, mit Verführung und Bestechung die Christenheit in zeitliches und ewiges Verderben geführt hat: des Papstes in Rom.

Am 1. Dezember 1521 war der streitbare Mediceer Leo X. gestorben; der päpstliche Stuhl, auf den statt des anfänglich in Aussicht genommenen Wallisers *Schinner* der in Spanien weilende Niederländer *Hadrian* berufen war, stund noch unbesetzt. Leo war es gewesen, der seit 1517 einen Tetzel und einen Samson als Ablaßkrämer ausgesandt, der neulich seine aus aller Welt geworbenen Scharen als Bundesgenosse des Kaisers dem Heere des Königs Franz und der mit ihm verbündeten zwölf eidgenössischen Orte entgegengestellt hatte. Nach viel verursachtem und erlittenem Kriegselend sind nun die Schweizer auf dem Heimwege. Da hat unser Maler und Dichter, den die Betrachtung der allgemeinen Verwirrung lange im nächtlichen Feldlager wachgehalten, einen Traum. Der Papst mit seinem großen Buch (den päpstlichen Dekretalien) führt Kampf gegen das kleine Buch (das Evangelium) und betrügt mit seinem Kardinal (Schinner) einen großen Teil der Christenheit. Aber er macht diese durch seine ewigen Kriege unglücklich. Ob der richtenden Stimme Gottes und dem Abfall des Volkes stirbt der Papst eines jähen Todes. An der Himmelspforte, die er vergeblich mit seinen Schlüsseln zu öffnen versucht, wird er abgewiesen zusamt seinen Anhängern, die ohne Erfolg auf seine Ablaßbriefe pochen und diese dann auf die unsauberste Art behandeln. Nun wendet sich der »gekrönte Hut«, der »Schelm von Rom« nach der Hölle, wo man beschließt, ihn auf die Erde zurückzusenden, da er dort der beste Helfer des Teufels ist und nunmehr zwischen Frankreich, dem Kaiser, der Eidgenossenschaft und Venedig Streit erregen soll. Der Papst aber wendet ein, es sei droben schon einer da, sein Werk weiterzutreiben, und wird auf seine dringliche Bitte mit seinen Schafen von seinem Herrn, dem Teufel Lucifer, zu Gnaden angenommen. – Der Dichter erwacht vom Traum und wendet von der Welt und von der Hölle seine Gedanken dem Himmelreich zu, wo er neben dem Herrn die Himmelskönigin unter lobsingenden Engeln thronen sieht. Jetzt hört er ein Maultier schellen, einen Hahn krähen, seinen Hund bellen; er findet sich im Harnisch auf dem harten Boden liegen, neben ihm sein Bube, sein Roß und etliche große Kürißpferde, und die Läuse beißen ihn grimmig. Er erseufzt in Sehnsucht nach dem Himmelreich und wünscht von der Erde zu scheiden und durch Christum selig zu werden.

So der »Traum« Manuels von 1522, wie er in einer seinerzeit wahrscheinlich dem Büchsenmeister *Fabian* zu Bern gehörigen Abschrift uns ziemlich vollständig erhalten und erst vor siebenzehn Jahren aus der *Hamburger* Stadtbibliothek wieder ans Licht gezogen worden ist. Das ursprünglich wohl etwa 1000 Verse lange Gedicht ist in einer sonst bei Manuel nicht vorkommenden Form, in regelmäßigen iambischen und kreuzweise gereimten Zeilen geschrieben, hat aber trotzdem zweifellos ihn zum Verfasser. Unter einer Anzahl »Schimpfschriften«, die er i. J. 1529 sich brieflich von *Zwingli* zurückerbat, nennt er selbst einen »Traum«, offenbar als ein Werk seiner Feder; das eines Andern von 1522 hätte er kaum noch kurz vor 1529 dem Reformator zu lesen gegeben. Entstanden ist das Gedicht während des zwischen dem Tode Leos im Dezember 1521 und dem Regierungsantritt Hadrians VI. im folgenden August liegenden päpstlichen Interregnums auf einer Kriegsfahrt, und zwar, nach der gedrückten Stimmung und der anschaulichen Schilderung der Kriegsgreuel zu schließen, eher auf dem Rückzug aus Italien als auf der Hinreise, also im Mai 1522.

Erwachsen unter den großen politischen Ereignissen der Zeit, die sich in der Seele eines nahe Beteiligten aufs Lebendigste spiegeln, ist das Gedicht eine der merkwürdigsten Urkunden der Zeitgeschichte sowohl als der kräftigen Eigenart Manuels.

6. *Die Dichtungen des Landvogts von Erlach 1513–1527.*

Den bald nach 1523 eintretenden Rückschlag in der reformatorischen Bewegung hat Manuel nur außerhalb der Hauptstadt miterlebt, als Landvogt zu *Erlach*. DieseVersetzung mochte ihm ein willkommener Ersatz dafür sein, daß die Weibelstelle, um die er sich noch vom italienischen Feldzug aus (1522) beworben hatte, ihm entging und daß die Einnahmequellen des Künstlers mehr und mehr versiegten. Neuerlich bekanntgewordene Briefe an den Rat zeigen uns den Landvogt Manuel als umsichtigen Wirtschafter und als besorgten Anwalt der Bedrängten. Dazwischen schickt er einmal, im Spätherbst 1526, seinen Gnädigen Herren ein Faß Erlacher Weins zu, mit einem heitern Brief, womit er ihnen vermittelst einer allegorischen Darstellung der Weinzucht und Weinbereitung den Gegenstand der Sendung schalkhaft zu erraten gibt.

Seine Aufmerksamkeit aber blieb den religiösen Fragen nach wie vor zugewandt, und seine Muße widmete auch der Landvogt von Erlach noch mehrmals der satirischen Dichtung im Dienst der reformatorischen Gedanken. Der Ablaßhandel erregt von neuem seinen Zorn, aber auch bereits seinen Spott. Denn in der Stadt, wo Samson einst im Münster seine Bude aufgeschlagen, geht das Geschäft nicht mehr; nur bei den Bauern auf dem Lande versucht der fromme Gaukler *Richardus Hinderlist* noch sein Glück. Doch auch hier ist man jetzt aufgeklärt: die Bauern und Bäuerinnen wollen das Geld zurückhaben, das sie seinerzeit für die Ablaßbriefe ausgegeben. Die Weiber ziehen den Betrüger an einem Seil empor, und dieser bekennt nun, daß er ein bloßer Geldmacher ist und dabei einen sehr schlechten Lebenswandel führt. Man nimmt ihm sein Geld ab als Entschädigung für den Ablaßkauf und überläßt den Rest einem würdigen Armen, der dafür Gott dankt.

So das Spiel vom *Ablaßkrämer*, das kaum zur Aufführung bestimmt war. Manuel führt in dem erwähnten Briefe von 1529 unter seinen»Schimpfchristen« einen»Gaukler vom Ablaß sprechend« und einen»Ablaßkrämer« an: der erste Titel bezieht sich wahrscheinlich auf den Eingang unsrer Satire, der aus einer parodierten Ablaßpredigt besteht, worauf die eigentliche Handlung erst folgt. In der einzigen, von Manuel selbst geschriebenen und mit einer Titelzeichnung versehenen Handschrift unsers Spiels steht zu Anfang und zu Ende die Jahrzahl 1525, daneben dort noch das Monogramm Manuels und sein Künstlerzeichen, der Schweizerdegen (Dolch), während hier das Schlußwort des Textes,»schwitzerdegen«, den Verfassernamen ersetzt. Manuel zeigt sich im »Ablaßkrämer«, wie seinerzeit in der Eingangsszene seiner »Totenfresser«, angeregt und beeinflußt von dem Basler Pamphilus Gengenbach, der in Bileamsesel (bei Goedeke, P. Gengenbach) bereits einige Jahre vorher einen Ablaßkrämer seine Ware ausbieten und vom Bauern und der Bäuerin abgewiesen werden läßt. Der Ablaß heißt hier eine päpstliche *Hinterlist; Hinderlist* heißt der Ablaßprediger bei Manuel.

Das *Barbali*, im folgenden Jahr (1526) erschienen, nimmt das Klosterleben aufs Korn. Die Dichtung bezeichnet sich selber als ein bloßes »Gespräch« und war jedenfalls auch nicht für eine Aufführung durch eine Truppe im Freien geschrieben (zwischen der ersten und zweiten Szene klafft eine Lücke von einem ganzen Jahr), aber trotzdem sehr beliebt: sie hat seinerzeit acht Auflagen erlebt. Als Manuels Werk ist sie wieder durch das Schlußwort *schwyzertegen* beglaubigt. 1523 war in Basel, 1524 und 1525 in Zürich das Neue Testament Luthers deutsch als Nachdruck herausgekommen, und nach seinem Text sind auch die zahlreichen Belegstellen in allen Ausgaben wiedergegeben, außer in dem einen der beiden Froschauerdrucke des Ursprungsjahrs, der diese Stellen in Reime gegossen enthält. Das Ganze ist die dialogische Ausführung eines Kapitels aus dem 1521 bei Pamphilus Gengenbach in Basel erschienenen Dritten Bundesgenossen des *Eberlin von Günzburg*, worin die Christenheit ermahnt wird, sich über die Klosterfrauen zu erbarmen, und insbesondere die Gründe einer Mutter widerlegt werden, aus denen sie ihre Tochter zur Nonne machen will; zugleich aber ist das Stück eine selbständige und beredte Verherrlichung des durch die Reformation verkündeten allgemeinen Priestertums, das vermöge göttlicher Einwirkung auch in einem Kinde sich offenbart. Das elfjährige Barbali soll ins Kloster, hat aber das Neue Testament gelesen und weist nun alle Zureden der Mutter und der Geistlichen siegreich ab, indem es die Würde des Ehestands hoch über das schriftwidrige Klosterleben erhebt.

Dem Klosterleben scheint in dieser Zeit, aber vielleicht noch in Bern, Manuel auch ein Fastnachtsspiel *Von Nonnen und Mönchen* gewidmet zu haben, wovon uns nur 23 Verse am Schluß der neulich entdeckten Hamburger Handschrift erhalten sind. Dieses Spiel ist wohl dieselbe Schrift, die Manuel in dem Brief an Zwingli von 1529 als »Vier Männer und vier Weiber bei einem Zechgelage« bezeichnet; denn auch in dem uns erhaltenen Bruchstück des »Fastnachtsschimpfs von Nonnen und von Mönchen, wie sie miteinander Kurzweil trieben« treten vier Männer auf und erwarten Weiber zu einem Gelage. Der dabei angeschlagene Ton ist durchaus in Manuels früherer Art. Von dem Inhalt und Gang des Stückes wissen wir freilich nichts.

Als nach dem Religionsgespräch von *Baden*, wo im Frühjahr 1526 Eck, Faber und Murner mit Ökolampad, Haller u. a. über Messe und Heiligenverehrung gestritten hatten, beide Teile sich den Sieg zuschrieben und *Murner* die Gegner durch den säumigen Druck der Akten erbitterte, sah sich im Dezember 1526 der Rat von Bern veranlaßt, das Singen von Liedern zu verbieten, die von der »Disputatz«, von Zwingli, Luther u. dgl. handelten. Auf beiden Seiten machte sich damals die Erregung der Gemüter im volksmäßig derben Liede Luft. Murners »Kirchendieb und Ketzerkalender« von 1527 sollte unter anderm auch die Antwort sein auf ein »schändliches, lästerliches Liedlein« von der Disputation zu Baden. Ein solches Lied »wider Ecks und Fabers Disputieren« (ebenso wie schon das Lied von Biccocca) schreibt zuerst *Bullinger* unserm Manuel zu, und es ist keinerlei Grund vorhanden, das als fliegendes Blatt in zwei undatierten Froschauerdrucken uns erhaltene Gedicht einem andern zuzuweisen.

Das Lied von *Ecks und Fabers Badenfahrt* ist in der 14zeiligen Strophe des Meistersingers Schilher oder Schiller (»*Schilers hoffthon*«) verfaßt, die der »Bernerweise« des alten Eckenliedes und anderer Gedichte aus dem Sagenkreise Dietrichs von Bern entspricht, wonach auch verschiedene Lieder von Bern und vom Burgunderkriege gingen. Wiederum sind es zwei einfache Bauern, in deren derben Reden sich die Ereignisse spiegeln. Der bayrische Schweinetreiber Eck hat zu Baden ein Schwein mit sieben Ferkeln gewonnen, d. h. »eine Sau gemacht« (sich blamiert) mit seinen sieben Thesen. Dem schreienden und um sich hauenden Eck (Manuel läßt ihn als den ungeschlachten Riesen Ecke der Dietrichssage auftreten, der dort von dem Berner Dietrich besiegt wird) hat Susschin (Ökolampad) den Weg verrannt; seine Argumente blies der Bär (Haller von Bern) durch die Tür wie Sommermücken usw.

7. Wirkliche und angebliche reformatorische Dichtungen Manuels von der Berner Disputation 1528.

Als nun endlich im Jänner 1528 die für Bern entscheidende Disputation in der dortigen Barfüßerkirche unter Beisein Zwinglis und der Häupter der schweizerischen und schwäbischen Reformation, doch unter schwacher Vertretung der Gegenpartei, stattfand, da sah man in der Mitte der Korona, wo zwischen den zwei für die Streiter errichteten Tribünen die vier Präsidenten, darunter von neugläubiger Seite *Vadian* aus St. Gallen und der Komtur *Schmid* von Küßnach, Platz genommen hatten, auch den Vogt Manuel von Erlach als Rufer oder Herold amten, die Namen der Eingeladenen verlesen und die Sprecher aufrufen. Die kurze Rede, die er selbst am achten Tag des Gespräches hielt, um in einem über die päpstlichen Satzungen entbrannten Streit die Ruhe wiederherzustellen, ist in die gedruckten Akten aufgenommen worden. Er betonte die Unparteilichkeit der Veranstalter des Gesprächs und ihre Absicht, lediglich die Wahrheit ans Licht zu bringen, ermahnte daher die Gegner der Reformationsartikel, ihrerseits ebenso offen und entschieden dagegenzureden und zu schreiben, wie die Prädikanten für dieselben einträten; das werde auch die Obrigkeit dankbar anerkennen.

Schon während der Disputation hatte Zwinglis Stiftskollege *Utinger* in Zürich Kenntnis von einer Satire, womit Manuel in den Berner Kampf um die Messe eingegriffen hatte. Er schrieb am 15. Januar 1528 an *Zwingli* nach Bern: »Die Schrift (operam) des Emanuel von der Krankheit der Messe wünschte ich zu erhalten, und hernach die Totenklage (planctum ad funus), die er ebenfalls dichten muß.« Die *Krankheit der Messe* war also bereits vor dem Berner Religionsgespräch oder während desselben wenigstens handschriftlich im Umlauf bei den Freunden Manuels und Zwinglis, als eine Art Kriegsruf auf den entscheidenden Kampf hin; für den Druck mögen die denkwürdigenTage vom 7. bis 16. Jänner noch mancheshinzugebracht haben. Sodann enthalten die spätern Ausgaben – fünf verschiedene Drucke der »Krankheit« sind noch von 1528 datiert – einen Nachtrag zu unserer Satire, den Letzten Willen oder das *Testament der Messe*, das vielleicht eben durch den Wunsch Utingers nach einer »Totenklage« veranlaßt ist. Als Druckort ist am Schluß der »Krankheit« ein mythisches »Bergwasserwind« angegeben, allwo das Werk »neben dem Stubenofen, in Erwartung des Nachtmahls des Herrn« – d. h. wohl der Einführung des christlichen Abendmahls statt der unchristlichen Messe – entstanden sein soll.

Die Krankheit der Messe, ebenso wie das Testament in Prosa verfaßt, ist der würdige Abschluß von Manuels reformatorischen Streitschriften, ein kräftig-launiger Triumph nach den harten und oft übermäßig derben Waffengängen der Kampfzeit. Die Messe, die Verkörperung des Papsttums, lag endlich besiegt, hoffnungslos krank auf dem Todbette. Die Fahrt nach *Baden* (zur Disputation) hatte ihr nichts genützt; nun sollten ihr auf Geheiß »Seiner Heidischheit« des Papstes der berühmte Dr. *Rundeck*, auch *Lügeck* und *Schreieck* genannt, und der Apotheker *Heioho* (sonst Hans Heierlin Schmid oder Faber) durch bewährte römische Mittel helfen. Aber unser erprobter Kämpe und Poet ahnt schon fröhlich den Ausgang dieses Siechtums und tut sich gütlich an der endlichen Niederlage der Gegner. Manuel führt mit witzigster Laune, die sich zu erhabenstem Hohn steigert, die Krankengeschichte weiter bis zu den letzten verzweifelten Anstrengungen der Krankenpfleger, denen alle Sakramente versagen: das heilige Öl ist versiegt – die Bauern haben die Schuhe damit gesalbt; der »Herrgott«, der Leib Christi, ist nicht zur Stelle zu bringen – der Himmel ist sein Stuhl und die Erde sein Fußschemel! Die Heilkünstler, unter denen auch *Thoman Katzenlied* (Thomas Murner) nicht fehlt, überlassen die Sterbende ihrem Schicksal, und »Dr. Schryegk« kehrt mit einem neuen Trieb »Säue« ins Bayerland heim. Im »Testament« erhält dann jeder der Meßfreunde sein Betreffnis aus der Hinterlassenschaft der Verstorbenen mit einem beißenden Sprüchlein zugewiesen; Kelche, Patenen und Monstranzen, Kreuze und Bilder, Silber, Gold und Kleinodien fallen dem weltlichen Regiment zu, »und gebe Gott den Münzern Glück und guten Wein, denn sie werden viel zu tun bekommen!«

Wenn hier der Übermut des Siegers dem Künstler Manuel, der vor wenigen Jahren noch die Berner Leutkirche ausschmücken half, und der die entzückendsten Entwürfe für Zierarbeiten aller Art hinterlassen hat, ziemlich leicht über das weghilft, was wir heute als die schmerzliche Kehrseite der Reformation empfinden – und wir haben wiederum keinen äußern Grund, ihm die Verfasserschaft dieses Anhangs abzusprechen –, so erscheint uns dagegen eine andere Schrift, die er im Anschluß an die entscheidenden Ereignisse dieses Frühjahrs eigens dem Schicksal der Kirchenzierden, der »Götzen«, gewidmet haben soll, mit der Persönlichkeit des Künstlers und des Schriftstellers Manuel schlechterdings unvereinbar. Die *»Klagrede der armen Götzen«* kann Manuel nicht geschrieben haben. Die Messe war ein Götzendienst und mußte weg mit allem, was daran hing; das gleiche galt von der Heiligenverehrung: da mußte die Rücksicht auf die Kunst, sogar auf das von der eigenen Hand geschaffene Kunstwerk, billig schweigen. Aber daß der Maler und Zeichner und Kirchenausschmücker Manuel, dem der Untergang von so vielen edeln Gemälden und Gebilden und Geschmeiden – zumal von Erzeugnissen des jetzigen neuen Stils – doch zu Herzen gehen mußte, die »Götzen« nicht bloß kleinmütig sich entschuldigen, sondern das angerichtete Unheil ausdrücklich den Künstlern und deren Auftraggebern zuschieben läßt (Vs. 129 ff.), scheint uns in der Demut und Selbstwegwerfung für den Künstler und den Staatsmann Manuel viel zu weit zu gehen. So konnte ein Manuel seine Vergangenheit nicht verleugnen, und die nachfolgende Strafpredigt gegen die Zuchtlosigkeit, besonders der Jugend, sowie gegen die Nachsicht der Obrigkeit (Vs. 352), hätten einem, der sich und seinen Kunstgenossen eben vorher eine Hauptschuld an der Abgötterei der Zeit beigemessen, ebensowenig angestanden als einem Ratsherrn und Landvogt, der für die bevorstehenden Neuwahlen der Regierungsbehörden sicher schon in Aussicht genommen war. – Dazu kommt, daß die Verfasserschaft Manuels eigentlich bloß auf der Vermutung eines späten Schreibers beruht. Keine Ausgabe gibt oder deutet Manuels Namen an; die einzige zeitgenössische Erwähnung des Gedichts enthält der Brief des *Johannes Zwick* in *Konstanz* an den damals im untern Schwabenland weilenden Konstanzer Ambrosius Blaarer vom 6. Hornung 1529, wonach damals (anfangs 1529, nicht 1528 wie in Bern) die Altäre zu »St. Stefan« (der Leutkirche von Konstanz) und »auch im Münster« (der bischöflichen Kirche daselbst) abgetan worden sind und es den Götzen übel geht:»sie (die Götzen) habend ein clag und bekantnus than, wie ir hie hörend.« Ein Schreiber des 17. oder 18. Jahrhunderts hat der Abschrift dieses Briefes und des Gedichtes die Bemerkung beigefügt:»Dise Clag ist von venner Manuel in Bern aufgesetzt«; in einer andern Abschrift steht statt des »ist« ein »sei«! Grüneisen und Bächtold bringen daraufhin das Gedicht ohne weiteres in Verbindung mit dem Berner Bildersturm von 1528 und mit der Predigt, die damals Zwingli im Münster zu Bern mitten unter dem »Kot und Narrenwerk« der zerstörten Bilder hielt. Aber nichts in diesem Briefe Zwicks spricht für einen Bernischen oder gar Manuelischen Ursprung der Dichtung, – nichts als jene unsichere Randbemerkung eines späten Schreibers – vielleicht eines Berners, der beim Lesen des Briefes an St. Stefan im Bernischen Simmental dachte, ohne sich daran zu stoßen, daß alsdann in dem Briefe Zwicks diesem entfernten Berner Kirchlein durch die Worte, »*und auch im Münster*« sogar die Hauptkirche des Landes nachgestellt wäre. Die »*Klagrede*« ist vielmehr allem Anschein nach in *Konstanz* entstanden, wo die in dem begleitenden Briefe Zwicks erzählte Bilderstürmerei soeben, zu Anfang 1529, erfolgt war, und hat mit Bern und seinem Bildersturm vom Anfang 1528 nichts zutun; in Schwaben sodann (Tübingen wenigstens ist in einer Ausgabe als Druckort genannt) ist sie gedruckt worden, und schwäbisch sind auch vielfach die in den Sprachformen der Aufzeichnung oft unreinen Reime, die nicht durchweg in verderbter Überlieferung ihren Grund haben, wie dies Bächtold annimmt, der denn auch erst die neuhochdeutschen (schwäbischen) ei, au und eu »auf die ursprünglichen Laute zurückführen mußte«.

8. Eine angebliche Dichtung des Regierungsmanns Manuel nach 1528. Sein Tod 1530.

Zu Ostern 1528 ward in Bern die Obrigkeit neu bestellt: die Wahlen fielen ganz im Sinn der Neuerer aus. Manuel, seit 1512 im Großen Rat der Zweihundert sitzend, ward infolge des Umschwungs bereits zu Ende Mai Mitglied des neu eingeführten Chorgerichts und im Herbst Venner zu Gerbern, d. h. Bannerträger und Vertreter eines der vier Stadtquartiere in der Regierung. Durch Gesetz habe man, so schreibt Berchtold Haller aus Bern an Vadian in St. Gallen, Ehebrecher und Leute von anstößigem Lebenswandel aus den Räten hinausgedrängt und, wenn sie sich nicht bessern würden, mit Verbannung bedroht. »So haben«, fährt er fort, »zwanzig aus dem Rat der Zweihundert und vier aus dem Kleinen Rat weichen müssen. Emanuel ist von seiner Landvogtei in die Regierung (senatus) berufen worden, und die Zahl der guten Gläubigen ist so gemehrt, daß sie die der Ungläubigen übersteigt.« »Manuel wird nie etwas versäumen«, so rühmt derselbe Haller dem Freunde Zwingli die Zuverlässigkeit und Umsicht des neuen Regierungsmannes.

Wie schon früher der Künstler, so geht nun auch der Dichter Manuel für seine zwei letzten Lebensjahre fast vollständig in seiner öffentlichen Tätigkeit auf: wir haben nach der auf den Sieg der Reformation verfaßten Krankheit der Messe und ihrem Anhang kein literarisches Werk mehr von ihm. Denn das »Elsli Tragdenknaben«, das laut dem ersten zu Basel 1530 erschienenen Druck in diesem seinem Todesjahre an der Herrenfastnacht – wenige Wochen vor seinem Hinschied – zu Bern aufgeführt worden ist, gehört unserm Manuel zweifellos nicht zu.

Zunächst fehlt wiederum jede Andeutung eines Verfassers, wie sie Manuel in seinen echten Spielen und Gesprächen (Totenfresser, Papst und Christus, Ablaßkrämer, Barbali) durch den »Schweizerdegen« am Schluß zu geben pflegt. In den erwähnten einzigen alten Druck – die zwei andern sind, ebenso wie die Überarbeitungen, viel später – ist am Ende des Büchleins »in alter Handschrift« der Vermerk eingetragen: »Diß spil sol gestelt haben Niclaus Manuel ein guotter Maaler und Burger zu Bern.« Dieser soll nach Grüneisen und Bächtold zu der Dichtung veranlaßt worden sein durch seinen eben erfolgten Eintritt in das neue Chorgericht, von dem nach

Bächtold unser Spiel »eine lebensvolle Anschauung« gewährt. Nun ist aber im »Elsli« nicht das Walten und die gute Wirkung eines solchen Chorgerichts vorgeführt; vielmehr findet ein Rechtstag (Vs. 47) vor dem geistlichen Gericht (51), vor dem Offizial eines bischöflichen Gerichts (3) statt, wobei zwar allerlei Hiebe auf die geistlichen Richter und ihre Habsucht fallen und die von ihnen empfohlene Heirat eines lockeren Paares erst durch das Zureden eines einfachen bibelbelesenen Bauern zustande kommt, aber eine Beziehung auf das neue Ehegericht nirgend zutage tritt.

Das 1530 zu Bern gespielte und zu Basel gedruckte »Elsli« ist also ein von dem uns verlorenen »Chorgericht«, das sich Manuel 1529 samt dem »Traum« und anderen Werken seiner Feder von Zwingli zurückerbeten hat, gänzlich verschiedenes Fastnachtsspiel irgendeines damaligen Berner Poeten. Das »Elsli« wäre auch, mit seiner Verbindung von derber Zotigkeit und frommer Salbaderei, teilweise im Munde derselben Personen, Manuels keineswegs würdig; es wäre zudem bloß die ungeschickte Bearbeitung eines ältern Stückes. *Adolf Kaiser* hat (1899) nachgewiesen, daß der Kern des »Elsli« bereits in den verschiedenen Gestalten eines Tirolischen Spieles von einem Liebespaar Rumpolt und Mareth vorliegt. Dieses kurze Spiel sei dann vermutlich zunächst im Neckarland durch Einschiebung von Reden und Personen, worin auch neuere schwäbische Begebenheiten verwertet wurden, zu einem größern Volksschauspiel umgestaltet worden; ein Angehöriger des schwäbisch-bernischen Kreises der Berner Reformationsfreunde habe dieses schwäbische Spiel aus der Heimat mitgebracht und vorgeschlagen, ihm einen theologischen Anstrich zu geben, einen reformatorischen Schwanz anzuhängen. Das sei dann vielleicht unter Niklaus Manuels Leitung geschehen; aber jedenfalls brauche er nicht länger der Verfasser dieses »in seiner Doppelnatur geringwertigen« Spieles zu heißen. (Wir hatten diesem auch von uns empfundenen Eindruck der dramatischen – und namentlich der ethischen – Geringwertigkeit und psychologischen Unmöglichkeit des Stückes schon gleich nach seiner vollständigen Herausgabe durch Bächtold – 1878 – in der »Zeitschrift für deutsche Philologen« Worte gegeben und Urteile über den Verfasser des »Elsli« daran geknüpft, die wir seit 1899 über Manuel nicht mehr aussprechen dürften, jedoch nicht zurückzunehmen brauchen, da ihm dieses Werk nicht zur Last fällt.)

Wenn wir aber von dem Dichter Manuel seit 1528 nichts mehr, von dem Maler und Zeichner wenig mehr hören, so erklärt sich das leicht aus dem bewegten Leben, das dem Ratsherrn und Chorrichter, dem einstigen Herold und nunmehrigen berufenen Vertreter der reformatorischen Umgestaltung Berns für seine zwei letzten Lebensjahre aus diesem Umschwung erwuchs. Die Durchführung der Reformation in Bern seit der entscheidenden Disputation war Sache der weltlichen Obrigkeit; die kirchlichen Angelegenheiten bildeten auch den Hauptinhalt der damaligen Politik Berns gegenüber den Eidgenossen und dem Ausland. Da konnte man Manuel brauchen. Er hat in den zwei letzten Jahren seines Lebens, 1528 bis 1530, Bern nachweislich auf über dreißig Tagsatzungen und Konferenzen vertreten. Er hat als Schützenhauptmann den Interlakner Aufstand gedämpft und den Ersten Kappelerkrieg unblutig zu Ende führen helfen, hat als Gesandter in Basel, Schaffhausen und Solothurn für die Annahme der Reformation gewirkt und in Straßburg den Schwur der Stadt zu dem Christlichen Burgrecht der evangelischen Orte entgegengenommen. Er hat noch wenige Wochen vor seinem Tode auf einem angesichts des bedrohlichen Bundes von Papst und Kaiser berufenen Tag der Burgrechtsstädte zu Basel die knappen und versöhnlichen Vorschläge eingereicht, die der Zürcher Ratsschreiber den schärferen Anträgen des gewählten Ausschusses als »Manuels Ratschlag« entgegenstellte: »mit den Eidgenossen sich zu verständigen, die alten Bünde zu beschwören, gute Sorge und Wachsamkeit zu üben«. Am 28. April 1530 ist Manuel gestorben. Der früh Vollendete, der in noch jungen Jahren die bildende Kunst der redenden, im Dienste der großen Bewegung der Zeit stehenden geopfert, hat noch die Gunst erleben und die Pflicht erfüllen dürfen, die damals stürmisch auf der Volksbühne vertretenen Gedanken in treuer und rastloser Bemühung dem Ziele entgegenzuführen, ohne den schweren Schlag, der im Zweiten Kappeler Krieg des folgenden Jahres die evangelische Sache in der Schweiz und weit über sie hinaus traf, erleben zu müssen.

Bern und Stein am Rhein, 1922.

F. V.

Der nachfolgende Druck der ›Totenfresser‹ gibt den Text des Stückes nach der einzigen alten Hs. H (Hamburg, Stadtbibl.), deren große Lücke aus B (Bächtolds Ausgabe des Druckes von angeblich 1522, richtig 1523) vervollständigt ist. Abgewichen sind wir in den aus B entnommenen Textteilen in dem durchgehenden Ersatz des ai durch ei, das sicher damals, wie noch heute, der Mundart des Bernerlandes entsprach. Dagegen sind wir dort in der Bezeichnung der anden Vokale und Diphthonge der nach genauer Wiedergabe der Laute strebenden Hs. H gefolgt. Das nach der Mundart des Schreibers zu å oder au gewandelte lange a ist nach der Hs. als ǎ gedruckt, wobei Inkonsequenzen des Schreibers beibehalten sind. Für den Umlaut des langen o in ou, der in schweizerischen Mundarten noch vorkommt, ist die Schreibung ö aus der Hs. aufgenommen, für den Umlaut des uo das Zeichen der Hs., ů, angewandt, für das kurze und das lange ü die einheitliche Schreibung ú durchgeführt, außer wo beibehaltene abweichende Schreibung (ǔ) abweichende Aussprache anzudeuten scheint. Der Umlaut von ö und ō ist in der Hs durch oᵉ [als Ligatur], in B durch ö bezeichnet, was wir beidemal beibehalten, der von ǎ und ā hsl. durch e und aᵉ, in B durch ä, was bei uns wiedererscheint.

Die Bezeichnung weiterer benutzter Drucke neben Hs. H und Druck B entspricht derjenigen Bächtolds. Kursivschrift im Text deutet eine Abweichung derselben von der bez. Hs. an. Einzelne weitere Dichtungen Manuels sind zitiert als Tr.: Taum, BL: Biccoccalied, TF: Totenfresser (bei Bächt. ›Vom Papst und seiner Priesterschaft‹, was aber nur auf eine Inhaltsangabe bei Anshelm zurückgeht), PCG: Vom Papst und Christi Gegensatz, AK: Ablaßkrämer, Bb: Barbali, EF: Ecks und Fabers Badenfahrt, KM: Krankheit der Messe, TM: Testament der Messe.

DIE TOTENFRESSER

(»Vom Papst und seiner Priesterschaft«)
1523.

Titel]³ :// Ein Faßnacht spyl, so zuᵉ
Bern vff / der hern faßnacht, in dem
M.D.XXII.⁴ / iare, von burgerß sönen offent-
lich gemacht ist, / Darinn die warheit in
schimpffs wyß / vom pabst, vnd siner priester-
/schafft gemeldet würt. // Item ein an-
der spyl, daselbs vff der / alten
faßnacht darnach gemacht, anzei/gend

⁵ grossen vnderscheid zwischen / dē Papst vnd Christū Jesum /
vnserm seligmacher. B.

---

³ Titel f. H.

⁴ Irrtum des Druckers (oder bewußte Vordatierung des Herausgebers und
Einschiebers?) für M.D.XXIII: s. die Einleitung S. XI. XVI. XXIV–XXVII.

⁵ anzeygende A, Anzeigende den B: die verschiedenen Lesarten könnten auf ein
ursprüngliches anzeigende den oder anzeigend dē zurückgehen.
Mit 'H' bezeichnen wir hier und weiterhin die Hamburger Hs., die wir, soweitsie
vollständig ist, unserm Text zugrunde legen; mit 'B' den Text bei Bächtold, der
meist auf dem Druck B beruht; mit weitern Buchstaben andere von Bächt.
gelegentlich verglichene Drucke. Die Ziffern links an den Seiten geben die
Verszählung von B (Bächt.) wieder; die unsrige (rechts) entspricht bis zu der
großen Lücke (861 ff.) derjenigen von H (Burg).
Weiteres zum Text s. in diesem selbst sowie im letzten Abschnitt unserer
Einleitung, oben S. XLIV f.

Die Totenfresser.

Szene: Die Kreuzgasse in Bern. Vorn ein gedeckter Tisch, dahinter ein Gerüst für den Sarg der aus dem Trauerhause herausgetragen wird; im Hintergrund auf erhöhten Sitzen der Papst und seine Würdenträger, die später an dem Tische Platz nehmen. Ganz hinten die später sprechenden Personen des Spiels.

Erster Auftritt.

Die Totenmessen und die päpstliche Hierarchie.

Des ersten trůg man ein toten in einem boum, in gestalt in ze vergraben. Und sass der bapst da in grossem gepracht mit allem hofgesind, pfaffen und kriegslüten, hoch und niders stands. Und stůnd aberPetrus

und Paulus wit hinden, sahend zů mit vil verwund-   5

rens. Ouch warend da edel, leien, bettler und ander. Und es giengend aber zwen leidmann nach der bar, die klagtend den toten. Und do die bar für die pfeffisch rott ward nider gestellt, do fiengend die leid-

lüt an ir klag, des ersten also:[6]   **10**

Der erst leidman.

Erbarm es Got und all cho^er der engel
Das unser vetter *Bon*enstengel[7]
Mit tod so jung abganngen ist!

---

[6] Die Bühnenanweisung (1–10) fehlt H. Hier nach A (bei Bächt. S. 29).

[7] Die scherzhafte Namenbildung scheint von dem Schreiber von H der dafür u. vatter frommen stengel setzt, nicht verstanden worden zu sein; auf das ›Bohnenlied‹, mit dem (nach Anshelm) am Aschermittwoch zwischen diesem und dem andern Fastnachtsspiel der römische Ablaß durch die Gassen Berns

[4] O barmherziger Got her Jesu Crist,

Sin sel lăß dir befolhen sin,   5

Erlo^eß sy ŏch von aller pin![8]

Der ander leidman.

[5] Kein kostung sol uns beturen daran,
Wo wir priester, múnch, nonnen múgen han,
Und solt[9] es kosten hundert kronen,

[8] So wend wir inen erlich lonen.[10]   10

Der messner.

[13] Her pfarrer, gend mir 's bottenbrŏt!
Es ist ein richer meier tŏd,

[15] Den hat man brăcht mit grossem weinen.

Der kilchher.

Das ist recht: hettind wir noch einen!
Der bschúst nút: kemind ir noch vil!   15

Der tod ist mir ein a^eben spil:
Ie me ie besser; kemint noch zehen!

---

getragen ward, wird sie sich kaum beziehen. Ein nachbaur bohnenstengel
erscheint auch bei Fischart, Gargantua 1594, 95a (Bächtold).

[8] Nur mit der Bitte dieser beiden Verse, die in den Drucken [Bächt.] fehlen, hat
die Anrufung V. 4–6 einen rechten Sinn.

[9] sol H.

[10] Die in den Drucken hienach folgende nichtssagende Ausführung über das
Fegefeuer (B 8–12) scheint – zumal in unserm Texte (H) der davon in Vs. 6
bereits gesprochen hat –
im Munde des Leidmanns weniger am Platze als in der Selbstverspottung der
Geistlichen wo das Fegefeuer, mit denselben Worten eingeführt, wiederkehrt:
vgl. unten Vs. 94 mit B 11.

Der messner.

[20] Her Got, ich ließ es ŏch[11] geschehen!
Ich wil lieber eim todtnen lútten
Denn das ich woᵉlt hacken und rútten.   20

Die tŏdten gend uns spis und lon:
Sond sy mit lúten in himel kon,

[25] So ist das gelt wol angeleit
Wenn sy der thon gen himmel treit.

Der kilchher.

Lucas schrypt nit vil darvon   25

Das Got mit einem gloggenton
Werd bewegt sin gnad zů geben,

[30] Es sy im tod oder in dem leben.
Aber es bringt uns die fisch in d'rúsche*n*:[12]
Voᵉrinen[13] , hecht, salmen und trúschen,[14]   30

Die múgent wir vom opfer kouffen:
Das froᵉwt mich bas denn kinder touffen!

Die pfaffenmaᵉtz.

[35] Her Got, bis glopt! es wil wol gănn[15] :
Da werdent wir aber *me*[16] zins hăn[17] !
Die rychen tŏdten gend gůten lon: 35

Mir wirt zum minsten ein rok darvon,

---

[11] och H.

[12] drŭsche H (rüsche: Reuse).

[13] vŏrinen: Forellen (mhd. vorhene, vorne, schwzdt. förnli).

[14] trische H; trische und trüsche (wohlschmeckende Quappenart) im heutigen Schwzdt.; das ü der Drucke fordert der Reim.

[15] gon H.

[16] me B] ain H.

[17] han H.

Der můß sin wyß, rŏt, schwarz und brun
[40] Und unden drumm ein ga^elen zun[18]

Der tischdiener.

!Benedicite[19] , ir mine lieben heren!

Ir múgend aber wol fro^elich zeren: 40

Da lyt ein vogel der's wol vermag,
Ist ietzend gfallen in den schlag;

[45] Er hat pfrůnd und jarzyt gstifft,
Das jerlich ein húpsche summ antrifft;
Und ee *ir*[20] den werdent verzeren,   45

Wirt úch Got ein besseren bscheren.

Der hellig[21] vatter der păbst.

Der todt[22] ist mir ein gůt wildpra^et

[50] Dardurch min diener und min ra^et
Múgend fůren hohen pracht
In allem wollust tag und nacht,   50

Diewil wir's prăcht hand dahin,
Das man nit anderst nimpt in sin

[55] Denn das ich also gwaltig sy
– Wiewol ich leb in bu^ebery –
Und múg ein sel inn himel lupfen,   55

---

[18] zun: Besatz, Borte (zuergänzen: han). Die drei Verse 36–39 des Vaters hat
Hans Rudolf Manuel benutzt in seinem Weinspiel, Bächtolds N. Manuel S. 347.

[19] Benedicite: ›Segnet‹: der Anfang des in Klöstern üblichen Tischgebets und
Willkommgrußes.

[20] wir H.

[21] hellig (H): verkürzte Form von hailig, heilig und zugleich (wie unten 1565,
1571 heillos, hellisch H) boshaftes Wortspiel mit hellig: erschöpft, müde. In B
heißt der hier Sprechende Papst Entchristelo, d. h. der falsche Christus
(Antichrist) des Weltendes.

[22] todt: der (dieser) Tote; vgl. 82 u. ö.

Damit ich mengen vogel rupfen.
Och wenend sy ich hey den gwalt

[60] In die²³ hell z' binden wer²⁴ mir gfalt:
Das sind alls gût griff uff der gygen!
Darumm sond ir des Evangelis gschwygen²⁵   60
Und predigent allweg das baᵉpstlich recht:
So sind wir heren, die leyen knecht

[65] Und tragent herzů by der schwaᵉry
Das sust alls verderpt waᵉry,
Wo ir das Evangelium seitind   65

Und nach sinem sin usleitind.
Denn das lert niemand opferen und geben,

[70] Allein einfalt²⁶ und in armůt leben.
Soᵉt das Evangelium fúr sich gan²⁷ ,
Wir moᵉchtind kum ein esel han,   70

So wir sust hoch gehalten werden.
Ich ryt mit drú-, viertusent pferden,

[75] Ein cardinal mit zwei-, drúhundert:²⁸
Wiewol die leyen úbel wundert²⁹ ,
Ich zwing sy alle³⁰ durch den ban.   75

Sy wondint der túffel fiel sy an,

---

²³ der H.

²⁴ wies H.

²⁵ Daß der Papst das Evangelium zu gunsten des päpstlichen Rechtes
unterdrücke, ist ein der Zeit sehr geläufiger Gedanke, den die Drucke hier (B 60)
durch einen nichtssagenden Flickvers verdrängt haben.

²⁶ einfalt (anfalt H); einfach, bescheiden.

²⁷ fúr sich gan (gon H): Fortgang haben, sich ausbreiten – ebenfalls ein
Zeitgedanke, der in den Drucken (B 71) zerstört ist.

²⁸ 73 f. H. I. r. mit 3000 oder 4000 pf. Ee wan mit 400 pferden H: Mißverständnis
und willkürliche Änderung der Vorlage, vgl. B 71 ff.

²⁹ wundert B] werden H.

³⁰ all H.

Wo sy ein wort darwider redtend.

[80] Darumm, wenn wir nun selber wedtend,
    So sind wir her der ganzen welt,
    Wan[31] uns gfalt rennt, gult[32] und bargelt   **80**

    On alle arbeit: glimpf und fůg[33]
    Von tödtnen wirt uns me dann gnůg:

[83] Opfer, sybend, dryßgest und jarzyt,
    Deß menger uns pfaffen so vil gyt,
    Das sine kind gross mangel hend.   **85**

[88] Wenn wir's *nün*[34] behalten wend,

[89] (105) So sind *wir* allweg fryg sicher lút,[35]
    Sond uff erden keim leyen nút:
    Weder zol, stúr noch ander bschwerd

[92] (108) Denn wiewasser, saltz, dri haselnuß werd,   **90**

[93] *Und* ist keim volk uff erden bas.
    Darzů hilft uns och der aplas,
    Macht das man *schúcht*[36] bůß zů tragen.

[96] Vomm fegfúr sind wir grúlich sagen
    (Seit schon die gschrifft darvon nit vil)[37] :   **95**

    Wenn es sich nommen schicken wil[38] ,

---

[31] Dann B, Was H.

[32] rennt, gult (sonst gülte): Rente, Einnahme.

[33] glimpf und fůg: Annehmlichkeiten und Vorteile; als solche werden V. 83–85
›Kirchenopfer, Totenmessen am siebenten, am dreißigsten und am Jahrestage‹
eines Todesfalls aufgezählt, die von den Gläubigen auf Kosten der eigenen
Kinder (vgl. unten V. 695 ff.) veranstaltet werden: lauter zeitgenössische, in den
Drucken aber (B 83–88) durch Flickverse beseitigte Motive.

[34] nün H für nun (aus numen < nútwan = nur), hier, 106 u. ö., scheint
mundartliche Form zu sein: wenn wir nur dazu Sorge tragen wollen.

[35] 87–90, hier in H fehlend, wo B (89–93) sie hat, stehen in H (Burg) V. 105–108,
mit Abänderung von wir in ir 105 [B 89] und von Und in So 87 [B 93] an
unrichtiger Stelle.

[36] schücht B] sůcht H.

[37] 95. 96 f. B: vgl. o. zu 10. 25.

[97] Das man das gmein volk mag[39] erschreken,
Das hilft gar wol den schalck bedecken.

Und wend ir gern leben fry[40] ,

[100] In wollust und och bůbery,   100

So behelfend úch mit minen rechten,
So tar úch niemand widerfechten.
Ir stelend, striglend[41] was ir wend,
So tar och kein ley die hend

[105] An úch legen mit gewalt   105

(Wenn man nuᵉn dise gwonheit bhalt![42])
Und plagend und sträffend wir alle welt
Umm win, korn, fleisch und gelt:
Darzů helfend uns die tödten,

[110] Das wir die leyen mûgend pschröten!   110

Der cardinǎl[43] .

Wann mir nit wer mit todten wol,
So leg nit menger acker vol[44]
Die durch mich und mine gsellen,
So staᵉt nach unfrid stellen,

[115] Sind erschlagen und erschossen.   115

Des han ich mechtig wol genossen,
Das ich so gern sach cristenblůt:
Darumm trag ich einn roten hůt

---

[38] So oft es nur Gelegenheit dazu gibt? Wenn es nur dazu dienen kann?
[39] mag me H.
[40] fryg H.
[41] streicht? kratzet zusammen? Dafür roubind. tüegind B.
[42] Möge man diesen Brauch nur weiter pflegen!
[43] Mit dem Kardinal ist wohl der kürzlich (Sept. 1522) verstorbene Matthäus Schiner gemeint, dessen roten Hut und Mantel Zwingli schon 1521 ähnlich gedeutet hatte wie hier 1523 Manuel den Hut 118. Vgl.»Traum« 138 ff.
[44] 112 ff.: vgl. Tr. 204 ff.

Und han darvon vil nutz und eren,

[120] Ein jar zwenzigtusend guldy zů verzeren! **120**

Kan ich's gfuᵉgen, ich wil bas dran:
Ich můß noch zehentusent han![45]

Der byßdschäff oder fryßdschäff[46]

.

Wir bischoff hand ein gůte sach,
Darumm sind wir an gůt nit schwach;

[125] Darzu hilft uns das bepstlich recht. **125**

Die sach wer sust nit halb so schlecht[47]
Und wurdent[48] nit vil syden tragen,
Och nit groß gůt verton mit jagen[49],
Zů keiner zyt imm harnasch rytten;

[130] Ich wer och nit hoptman in strytten: **130**

Ich truᵉg villicht gröb tůch und zwilchen[50]!
Wer es allweg wie bim anfang der kilchen,
So wurdent wir fúr recht hirten geacht:
Ietz sind wir all zů fúrsten gemacht.

[135] Iedoch so bin ich och ein hirt, **135**

Ja, wenn man nun die schäff beschirt!
Die hirten sind och underscheiden[51]:
Die schäff die můssend mich weiden

---

[45] n. zwei gůte bistům h. B, womit der Bearbeiter vielleicht auf einen besondern Fall von Pfründenjägerei eines Kardinals (Schiners?) hindeuten wollte.

[46] zeitgenössisch häufige Verdrehung von bischof.

[47] Es ginge uns sonst lange nicht so gut (schlecht: gerade, wohlbestellt).

[48] Vor wurdent zu ergänzen: wir.

[49] Unmässige Jagdlust wirft z. B. auch Zwingli seinem Bischof Hug von Landenberg vor.

[50] t. an u. H.

[51] Diese Hirten (die Bischöfe) unterscheiden sich auch von den wirklichen Hirten.

In allem mûtwillen und libeslust;

[140] Sy mûssentz thon: ich friss sy sust   **140**

Und milch s' das sy nit kunnent g*a*n[52] ,
Ietz mit dem ablâß, denn mit dem ban.
Sy do^erffend sust keins wolfs dann min:
Ich kan wol hirt und wolf och sin.

[145] Dank hab der bapst von dem ich s' han!   **145**

In sinem glouben wil ich pst*a*n[53] ;
Bis in den tod halt ich sin pott:
Er ist mir wol ein gûter got[54] .
Das er de*n*[55] pfaffen die ee verbût

[150] – On grund der gschrifft –, das schat mir nût.   **150**

So mûgend sy nit kûnscheit halten,
Insonder die jungen, – und och die alten!
Wiewol sy sind Paulus wort[56] verkûnder,
So si*t*zend[57] sy doch als offen sûnder:

[155] D*r*an[58] ergert sich denn alle welt.   **155**

Was lyt mir dran? es bringt mir gelt:
Ich lon im 's nach: warumm d*e*s nit[59] ?
So er mir vier Rinsch guldy gitt
Alle jar, so sich ich durch die finger

[160] Und halt den fûrstenhoff dest ringer.[60]   **160**

---

[52] gon H.

[53] pston H.

[54] Der Papst als Gott auf Erden auch unten 717; vgl. 657.

[55] den B] dem H.

[56] der Worte des Paulus: an Tim. I, 3, 2 und an Tit. I, 6 ff. Vgl. u. 281, und B 182.

[57] sitzend B] sind H, vgl. u. 289.

[58] Daran H.

[59] des B] das H; der Genitiv bei nit scheint ursprünglicher als der Nom. von H.

[60] vgl. die Eingabe Zwinglis und seiner Genossen vom 2. und vom 13. Juli 1522 an den Bischof und an die Eidgenossen um Gestattung der Priesterehe, Beitrr. a. a. O. 101 f. (und 107); die zweite (deutsch abgefaßte) sagt von den 2, 3 oder 4

Macht dann die metz ein kind bimm pfaffen,
So mag ich minn nútz wyter schaffen.
Sich zů: was bringt es nútz und gwinss[61],
Der hoden- – wie heisst's[62]? – der bodenzins:

[165] Fúnffzehenhundert guldy bringtz ein jar,   165
       Das gelt kompt von pfaffenhúren har:

[f.]   Werind pfaffen und húren frumm,   166a

[f.]   So wurd mir nit ein haller drum;[63]   166b

       Soltind pfaffen eewiber nen[64],
       Es wurd uns nit speck in d'prătwúrst gen.
       Also bin ich ein fúrst und geistlicher hirt,

[170] Ja frilich zů gůtem tútsch ein hůrenwirt!   170

       Dafúr wend mich die puren han:
       Die selben thůn ich all in ban.[65]

                    Der Probst.

[211] Hochwirdiger fúrst, gnediger her!
       Sind handfest und gstattnend nimmer mer
       Das man anders predig, sing und sag   175

       Denn das der băpst mit gwalt vermăg

Gulden betragenden Bußen der fehlbaren Geistlichen, wie hier der Bischof 168:
›Es gibt
speck in die roßwúrst.‹

[61] gwúnß H.

[62] haist H, heisst's F (Berlin-Froschauer?)] heisst B: die neujüdische Form ist
verdächtig.

[63] 166 a b nach B ; ausgefallen H.

[64] nen B] han H.

[65] Nach 172 Einschiebung in B (175–210): Rede des ›vicari, Johannes Fabler‹ über
das erste Zürcher Religionsgespräch von 1523 und über die Streitschrift ›Das
Gyrenrupfen‹ vom Sommer dess. Js. gegen den Generalvikar Joh. Faber. Die
Anrede des Propstes schließt in H richtig sofort an die Rede des Bischofs (172)
an.

50

[215] Die sel in d'hell und himel bringen,
Damit man die leyen baß múg zwingen:
Was ir redend, singent oder sagen[66] ,
Das sy by sträff ewiger blägen   **180**

Das muᵉssent glouben und halten staᵉt

[220] Als werinds Cristus pot und raᵉt:
Damit múgend wir herlich prangen.
Es ist vorzytten wol angfangen;
Dann alles das *was* wider[67] uns was   **185**

Das hand die baᵉpst erlúttret bas,

[225] Krúmpt und pogen *uf*[68] unsern weg,
Das sust im widerspil staᵉtz leg.
Es stät noch wol von Gotes gnaden!
Thúnd wir unns *nun*[69] selbs nit schaden   **190**

Und staᵉtz in soᵉlichem bruch beharren[70] ,

[230] So erschreckend wir die armen narren,

[f. B] Die leyen, beyde wib und man,

[f. B] Und múgent gút ful leben han.[71]

Der dechan.

Ich blyb darby diewil ich leb   **195**

– Got geb wo das Evangelion kleb –:
Was gät mich an was Cristus seit,
So es mir nit ein haller treit?

---

[66] sagend H.
[67] a. das wider HB.
[68] uf B] f. H.
[69] nun (= nur)] nur B, f. H.
[70] beharret H.
[71] Diese beiden in B fehlenden Vss. sind vielleicht nachträgliche Erweiterung
von 192 (nach B: So machend wir dieleien zú narren).

[235] Solt ich mich des[72] benůgen lan[73] ,
So wurd ich nit feist bagken han. **200**

Was han ich mit dem Evangeli z'schaffen?

[238] Es ist doch gantz wider uns pfaffen.[74]

[243] Was darf ich der bibly und der profetten ?
Hett ich ein bůch von Elsen und Greten!

[245] Doctor Murner ein barfůsser ist **205**

Mir ein gůtter seliger *Endcrist*[75] :
Der schript *in Gouchmatt*[76] von minem wesen;

[248] So ist Esopus och hupsch zů lesen.[77]

[251] Wann ich das ba^epstlich recht verstan[78]
Und das ich die eelůt scheiden kan: **210**

Was wot ich me? es ist nit not.
Ich blyb darby bis in den tŏdt

[255] Das der bapst sy Got uf erden[79]

**213–
217 H**

Und wir durch in můgent selig werden **218**

Oder verdampt, wie es imm gfalt:
Er glichet sich gantz Gottes gwalt. **220**

---

[72] des B] denn H.

[73] lon H.

[74] Hienach in den Drucken (B 239–242) 4 weitere, den Parallelismus der
Anaphern von V. 201 und 203 unterbrechende Vss., die sich durch ihre
Anspielung auf den Handel des Hans UrbanWyss 1522/23 (Beitrr. a. a. O. 104²)
als spätere für den Druck in Zürich erfolgte Einschiebung verraten.

[75] Endcrist] evangelist B.

[76] sch. in Gouchmatt] sch. Gouchmatt B, sch. mir recht H, das die Anspielung
des Dichters auf die ›Gauchmatt‹ Thomas Murners (1519) nicht verstanden hat.

[77] Aesop als Fabeldichter auch in Papsts und Christi Geg. 149 (B) Hienach 2
Flickverse 249. 250 B.

[78] verston H.

[79] sy ain got/Und, worauf 4 Flickverse H.

Der pfarrer[80] .

O heiliger vatter, hilf und rǎt

[260] Das wir blybind by unserm stǎt[81] !
Wer, wer, wer! es thet nie also[82] not,
Denn sust wer uns weger der tod!

Die layen merkend unsern list: 225

Wo du nit unser helfer bist,

[265] So gǎt uns ab an allen dingen;
Denn sy wend selb der gschrift zů tringen.
Der túffel nemm die truckergsellen
Die alle ding in tútsch thůnd stellen,   230

Das alt und núw testament![83]

[270] Ach werend sy wol halb verprent!
Sy thůnd uns grossen schaden
Und wend uns úberladen[84] :
Ein ietlicher pur der[85] lesen kan,   235

Der gwúnnt 's eim schlechten pfaffen an[86] .
Wir hand ins bapsts rechten glesen
Und *in* Aristoteles wesen,

[275] Thomas, Scotus und ander mer:

[277] So komment sy mit Cristus leer   240

---

[80] Der pfarrer ist mit dem ›Kirchherrn‹, oben vor 14 und 25, dieselbe Person.

[81] stǎt? Bestand, Würde.

[82] alzo H.

[83] Luther hatte in Deutsch 1517 die sieben Bußpsalmen, 1522 das ganze Neue Testament erscheinen lassen; letzteres ward bereits 1523 zu Basel nachgedruckt. Vgl. u. 279. 310 323.

[84] 233. 234 f. B; vgl. 999³.

[85] der B] das H.

[86] Der ist einem gewöhnlichen Geistlichen überlegen. 's f. H Nach 239 Erweiterung um 2 Vss. B.

[279] Und bringend da so starke stuck,

[280] Werffend all doctores zůrugk.
Unser kunst die hilft nit me;
Der Paulus thůt uns lyden wee
Mit sinen tief gegründten epistlen: 245
Die schmeckend mir wie die tistlen[87] .

[85] Wo man nút mag mit bannbrieffen schaffen,
Das sy nit redind wider uns pfaffen,
So helf uns Got, so sind wir grech:
Darumm lůgend wie man das fúrsech! 250

Die pfaffenma^etz.

Der bǎpst wer mir wol ein gůter man,

[290] Aber der bischoff wil ein hůt uffhan:
Dem můß min her ietz alle jar
Legen vier Rinsch guldy dar
Drumm[88] das wir by enandren sind[89] . 255

Wenn ich dann by imm gwúnn ein kind,

[295] So hat er aber sinn zins darvon.
Ich bin dem bischoff nun offt wol kon:
Ich han inn gnútzt[90] nun zehen jar
Wol me denn fúnfzig Rinsch guldy bar. 260

Vor bin ich lang im frowenhus gsin

[300] Zů Strǎssburg da niden an dem Rin;
Doch gwan min hůrenwirt nie so vil 265

---

[87] m. glich wie grob distlen B.

[88] Drunn H.

[89] Diese Buße für die im Konkubinat lebenden Priester (vgl. o. 158) ward später auf 5 Gulden erhöht: Beitrr. a. a. O. 1075.

[90] inn [in B] gnútzt: ihn gefördert, ihm Nutzen verschafft. Dieselben Vorhalte und Vorrechnungen hatte in seinem Kommentar zu dem bischöflichen Hirtenbrief unterm 11. Nov. 1522 Sebastian Meyer von Bern dem Bischof gemacht. Beitrr. a. a. O. 107.

An uns allen (das ich glŏben wil)
Als ich dem bischoff han mueßen geben.

Ach Got, moecht ich noch den tag erleben

[305] Das der bischoff nit wer min wirt!
Es ist das groest das mich ietz irrt.
Mir wer sust in allweg wol
Denn das ich imm och zinsen sol.   270

Ich wond, ich woett den hůrenwirt *schůhen*

[310] *Und zů einem erbern priester flůhen*[91] :
So ist es zwo hosen – eins tůch!
Darumm ich *im*[92] dick úbel flůch.

Der caplăn[93] spricht.

Ach Got, wie ist es doch ein ding,   275

Das man uns priester wigt so ring,

[315] Das man och wider uns reden tarf!
Die leyen sind ietz so styf und scharf
Und wend all das evangelium lesen:
Das rimpt sich nút zů unserm wesen.   280

Sy zeigent uns in Paulo an

[320] Wie das wir sond eewiber han[94] .
So ich dann sprich *und*[95] meinen: ›Nein,
Der priester sol sin kúnsch und rein‹,
So sprechend sy: es wer vast gůt,   285

---

91 271 f. Sol ich dann ein hůren wirt sůchē / Oder einem e. p. flůchen H: durch
die Abweichung wollte der Schreiber ofsenbar die Form flůhen (bern. heute fliə)
aus dem Reim wegschaffen.

92 nŭ H] im B.

93 Caplon H.

94 Auf 7 Stellen des Paulus stützte Zwingli 1522 seine Bittschrift um Aufhebung
des Zölibats, s. o. Vs. 123–172. 251--274; vgl. Anm. zu 153; Beitrr. a. a. O.102.

95 und f. H.

Sy lassentz nach dem der es thût[96] ;

[325] Aber die nit kúnsch[97] leben wend
Und die gnad von Got nit hend,
Die sitzend in hûren und bûben gestalt;
Darumm sol man uns zwingen mit gwalt   290

Das wir uns der offnen súnden schemmind[98]

[330] Und och elich wyber nemind.
Da hueteng vor: denn kumptz darzů,
So hand wir, foercht ich[99] , nimmer me rů[100] .
Vil weger ist's, wir syend fry: 295

So bruchend wir die bûbery

[335] Und habent all tag ein núwe[101] :
So bald es uns dann gerúwe,
Das eine wirt ungschaffen und alt
Oder uns sunst nit am schnit[102] gefalt,   300

So schickend wir sy denn uss dem hus:

[340] Dise fryhait die wer denn gantz us,
Wo wir ewyber mueßtind han:
So wurdind wir gebunden stăn[103] .

Der appt.

Ach Got, wie wil es uns ergăn[104] !   305

---

[96] Es wäre recht gut [wenn dem so wäre] und sie ließen sich's gefallen wenn
einer so handle.

[97] kunsch H.

[98] 289 291: vgl. o. 154.

[99] forcht vn n. H (Mißverständnis).

[100] rûw BH.

[101] nuwe Ee H (Mißverständnis).

[102] schnit: cunnus? Vgl. Mhd. WB. II, 2, 444 käppelsnit. Abgeändert sunst nit mer
gevalt B.

[103] ston H.

Man kõfft kein apläß und schúcht kein ban;

[345] Das opfer facht och an zů schwinden!
Och kan ich ietz kein puren finden
Der welle mess und jarzyt stiften.

Sy hand die evangelischen gschriften   310

Ietz in allem tútschem land:

[350] Es wirt den puren alls zur hand.
Sy sind ganz nienen me wie vor:
Wenn ich sy schon wyß furhin in kor[105] ,
Sy sollind da den aplaß loᵉsen,   315

So sprechend sy – sonders die boᵉsen –:

[355] ›Ir pfaffen hand den aplaß versetzt
Und uns puren lang mit gschetzt:
Wend ir inn nit loᵉsen, so sind drǎn![106] ‹
– Und gend uns *also spitze hoᵉlzli dran*[107] –   320

›Demm armen hoᵉrt das almûsen!‹

[360] Darmit grifft der pur in bûsen
Und zúcht herus das testament,
Den spruch Cristi[108] er bald fúrwendt:
›Gend's umm sust: ir hand's vergeben![109] ‹   325

Und ander starch sprúch darneben:

---

104 ergon H.

105 Als Schauplatz ist hier wie unten 1002 ff. die Leutkirche in Bern gedacht.

106 losen H. dron H. ›Wollt ihr ihn nicht selbst lösen, so macht es ohne ihn‹.
(drän – dran H – aus dar-ǎne: ohne das). Die Vorstellung vom ›versetzten‹ oder
dem Herrn Christus abgekauften und nun durch die Laien wieder
einzulösenden Ablaß auch unten 1102 ff. 1244 f.

107 und sehend uns sur und übel an H: wohl nur Konjektur für den dem
Schreiber unverständlichen Text von B (gegen den nur der rührende oder
mindestens quantitativ unreine Reim Bedenken erregt): ›geben uns ähnliche
spitze Antworten‹ (vgl. ein hölzlin spitzen bei Utz Eckstein, Schw. Idiot. II, 1248).

108 Crist H.

109 Matth. 10, 8. vergebens H.

[365] ›Vergeblich dienent sy mir mit menschen gset-
zen¹¹⁰ ‹,
Und wend unser oberen ganz nút me schetzen.
Sy sprechend: ›Ir *múnch,* sparend¹¹¹ den aten!
Got hătz weder gheissen noch geraten   330
Das ir soᵉllent in die kloᵉster găn¹¹²
[370] Und da selbetz gůt ful leben hăn¹¹³
Und úch all mesten wie die schwin.
Wenn kloᵉster werind nutzlich gsin,
Gott der her der hetz och wol gstifft: 335
Ir hand keinn grund in der heilgen gschrifft.
[375] Ir mestsuwen¹¹⁴ , was darf man *úwer*¹¹⁵ ?
Vast us! ich wúnsch dir nit ein sprúwer¹¹⁶ !‹
Das gend sy uns¹¹⁷ zů antwurt an allen enden:
Das Got die verfluᵉchten truckery muᵉß schen-
den!¹¹⁸   340

Der prior.

Her apt, der túffel ist im spyl,

¹¹⁰ Marc. 7, 7 (und Matth. 15, 9) nach Jesaj. 29, 13) gsetztē H.
¹¹¹ muessend sparen H.
¹¹² gon H.
¹¹³ han H.
¹¹⁴ 333. 337 Verboeggete (vermummte, verlarvte) mastsüw, ähnlich wie hier und
610 in H (vgl. B 456) die Klosterleute und Pfaffen, heißen dieMönche auch in
Zwinglis ›Schlußreden‹ vom 19. Jenner 1523. Beitrr. 103.
¹¹⁵ uwer H.
¹¹⁶ man geb üch n. e. spr. (Spreu) B.
¹¹⁷ vnn H.
¹¹⁸ Vgl. oben zu 231.

[380] Das man uns nút me opferen wil.
Ich sag an der canzlen von der hell
Und von dem fegfúr was ich well:[119]

[385] Es ist vergeben, sy gend nút drumm.   345
Wo ich ins wirtzhus zů inen kum[120] ,
So vahend sy an zů arguieren;
Wil ich dann mit inen disputieren,
Das denn unsern nutz antrifft,

[390] So sprechend sy: ›Zeig's mit der gschrifft,   350
Und nemlich, die da biblisch sy
Und nit mit roᵉmscher buᵉbery[121] !‹
Sprich ich, es muᵉß ein roᵉmscher abläß sin,
So spricht der pur frefenlich, er schiss drin!

[395] So sprich ich dann: ›Pur, du bist ietz im ban!‹   355
So spricht der pur: ›Ich wuschti den ars dran,
Ann roᵉmschen aplaß und bann alle bed!‹[122]
Ich mein das der túffel uss im red.
Wil ich dann die gschrifft verkrúmmen,

[400] So sprechend sy : ›Pfaff, denk syn[123] númmen: 360
Wir kúnnentz och also[124] verkeren und búgen!‹
Und heissen[125] mich denn frefenlichen lúgen.
Ich dar schier númmen[126] zů inen gan[127] :
Ich sorg by Got, sy schlahind mich dran.

---

[119] Vor 345 2 Plusverse B: wohl gelehrte Zutat.

[120] kom H.

[121] 351 f. syg: bůberyg H.

[122] Solche Verunglimpfung des Ablasses wie hier und 354 wird tatsächlich vollzogen im ›Traum‹ (›Rufer im Streit‹ a. a. O. 2961) und von dem Bauer als selbst verübt erzählt unten 1034.

[123] sy n, H. ›Laß dir das nicht mehr einfallen!‹

[124] alzo H.

[125] haisen H.

[126] nummen H.

Der schaffner.

[405] Ich weiß nit was drus wil werden!   365

Her apt, ir ryttend mit *zwenzig*[128] pferden
Und hand darzů *siben*[129] húpscher kind
Die noch *u*nerzogen[130] sind:
Wend ir die dem adel glichen

[410] Und[131] die puren nit wend wychen   370

Von irem sinn den sy iez hend[132],
Das sy uns nút me *witers*[133] gend,
Denn blőß so vil sy schuldig sind:
Her apt, so kratzend úch im grind!

[415] Denn ich weiß nůmmen hus ze han,   375

Sol es *in d'harr*[134] alzo bestan[135].
Wir hand zwo*e*lf priester im convent
Und hand von aller gúlt und rendt
Nit me denn fúnff tusend kronen

[420] Alle jar an korn, erbs und bonen,   380

Haber, ho*e*w, schăff, schwin, ku*e* und rind:
Nun lůgend, her apt, wie rich[136] wir sind!

---

[127] gon H.

[128] 20 H.

[129] 7 H.

[130] onerzogen H.

[131] Nach und ergänze: wenn.

[132] hand H.

[133] witers B] f. H.

[134] e. alzo wyter beston H. in die harr (B): auf die Länge (von H nicht
verstanden)

[135] beston H.

[136] rich: Die Ironie wird durch das arm der Drucke zerstört.

Wo man uns sust nit teglich *git*[137] ,
Wie wend wir *denn*[138] hus halten mit?

[425] Ich han's grechnet und gstelt in zal   **385**

All nutzung ganz gnăw *ŭ*beral
An gelt von korn, fa^ech, was wir hand
(Durch min zyffer[139] ich's als fin fand):
Ich pitt got das ich nimmer z'gnaden k*u*mm[140] ,

[430] Ja bra^echt es me eins hallers an der s*u*mm[141]   **390**

– *Rúbis* und *stúbis,* butzen und stil[142] –
Z*ů* gmeinen jaren villicht als vil[143]
Als fúnffzehen tusend guldy wert;
Es ist mir billich ein grosse bschwe*n*d.

[435] Sol aplǟß, Romfart und das abg*a*n[144] , 395   **395**

So wil ich einn andren hus lon han.[145]

Der jung múnch.

Der túffel hat mich in d'kutten gsteckt
Die mir doch so angstlich úbel schmeckt,   **400**

---

[137] gyt H.

[138] denn (B) f. H.

[139] ziffer zal i. H. zyffer B (mlat. cifra, frz. zéro): Zahlzeichen, Rechnung mit Ziffern.

[140] kom H.

[141] som H.

[142] fúrbaß vn furbaß H. rübis und stübis (B): noch heute schwzdt. für ›alles und jedes‹, von H mißverstanden. butzen und stil: Bedeutung ebenso.

[143] ›daß ich nimmermehr Gnade bei ihm finden möge wenn es – wahrhaftig! – alles in allem im Jahresdurchschnitt auch nur um einen Haller mehr ausmachte als . . .‹

[144] abgon H.

[145] Nach 396 Einschiebung (437–494) B, die wohl erst für den Druck erfolgt ist (s. Einleitung S. XV): Rede des Quästionierers (Klosterbettlers). Vor 397 P.-A.: Jung múnch Huprecht Irrig.

Und kan doch nit mit fůg entrúnnen[146],
Wie wol ich tag und nacht[147] druff sinnen,

Wie ich der regel ledig wurde,

[500] Denn es ist mir ein schwere burde.

Wie kan[148] Got angnem sin mingsang[149] ?

Ich *schlaf, ich wach,* ich stand und gang,[150]
So gdenk ich stets zům kloster us,   **405**

Glich wie ein gefangne mus   **405a**

[505] *Wider us der fallen gedenkt.*   **406**

Ja, můt und sinn ist mir bekrenkt.   **406a**

Blib ich nit mit gůtem willen[151] darinn,   **407**

So bekenn ich wol in minem sinn
Das ich des túffels martrer[152] bin.

[510] Tůn ich eins[153] und loff dahin   **410**

Uss der kutten und wird ein ley,
So wirt úber mich ein grosses gschrey:
Ich syg ein bůb, ein schelm verrůcht,
Und wird von minen obren gsůcht,

[515] Gefangen und in einn kerker geleit.   **415**

Da hilft mich nit was Cristus seit,   **418a**

---

[146] entrŭnnen H.

[147] nach H.

[148] kans H.

[149] mī stād vn xang H.

[150] I. thue was ich well i. st. H. Hier und weiterhin scheint die Vorlage von H mangelhaft gewesen zu sein. Die folgenden 4 Vss. der Drucke (nach B) sind in H durch eine dürftige Wiederholung von 401 f. ersetzt: So denck ich staetz an min burdy / Und wie ich des ordens ledig wurdy.

[151] i. mit unwillen B.

[152] tuffels marter H.

[153] eins: etwas (besonderes, einen entscheidenden Schritt), vgl. u. 512. Oder = mhd. ënez (berndt. äis), jenes, das andere, mit Hinweis auf V. 399?

Die bybly und all zwelffbotten;
Der túffel mag min och wol spotten.
Also wirt min junges leben[154]

[520] *Übel gemartret vergeben.*   **418b**

Verflúcht sigind alle die   **418c**

Die rat und tat gabend ie   **418d**

Dass ich in disen orden kam!   **418e**

We mir dass ich in ie annam!   **418f**

Die nonn clǎgt sich.

[525] Die bettler thǔnd uns grossen schaden.
Sust fueʳend wir vil me gen Baden,   **420**

Wenn man uns geb[155] das inen wirt.
So sind die lút also[156] veryrt:
Sy wenend sy dienind got daran.

[530] Nun weist *das* doch schier[157] iederman
Das uns der *bǎpst*[158] gross fryheit git: **425**

Der uns sin almǔsen och teilt mit[159] ,
Das er gross gnad und aplaß hǎt.
Der got *ze Rom* an Cristus statt

[535] Hat gen aplaß tusend[160] jar
Uss siner roeʳmschen kysten[161] har   **430**

---

[154] Die 6 Verse der Drucke nach 418 (518–524 B) könnten auch von Manuel sein; sie fehlen aber in H.

[155] geb: gäbe. H schreibt ebenso zuer, weger, geb 440 u. ö.

[156] als so H, so gar B.

[157] w. man doch sch. H, w. doch das ouch sch. B.

[158] d. got ze Rom gr. H, von 428 hier heraufgenommen und alsdann dort willkürlich abgeändert: Der bǎpstlich got a. C. st.

[159] ›und daß der, der seinerseits sein Almosen mit uns teilt‹ usw.

[160] (Ziffer) 1000 H.

Allen denen die uns gebent[162]
Und in siner satzung lebent[163] .
Wo het er ie keinn apläß usteilt

[540] Demm der einn armen kranken heilt
Oder *spist*[164] den armen hungerigen man   **435**

Und leit de*m*[165] nackenden kleider an,
Den gfangnen tro^est, den turstigen trenkt?
Der apläß ist uns in dklo^ester gschenkt.
Was hand wir mit de*m*[166] bettler zschaffen?
Es wer weger man geb's múnchen, nonnen und
pfaffen.   **440**

[545] Wenn es nit wer súnd und schad[167] ,
So het der bettler och ro^emsche gnad.
Der bapst hat uns den apläß fry geschenkt
Und ein bligin sigel *daran* gehenkt[168] :
So[169] hand wir im tusend[170] pfúnd geschoben   **445**

[550] Umm den kutzen uff dem kloben[171] .

Die   alt   begin[172] .

---

161 Christus und die römische (Geld)-Kiste werden einander oft
wortspielendgegenübergestellt: u. 1185 f. 1392.

162 geben H.

163 leben H.

164 O. sust H, spist (Oder f.) B.

165 den H.

166 den H.

167 D. h. wenn die Gnade Roms an ihm nicht gänzlich verloren und vergeudet
wäre.

168 Aber darumm er dz sygel an den brieff henckt H. – Das ›bleierne Siegel‹ an
den römischen Bullen scheint der Schreiber von H nicht verstanden zu haben.

169 Do H.

170 Ziffer: 1000 H.

171 Der Kauz auf dem Kloben (einer oben gespaltenen Stange, also ein Lockvogel
für den Vogelfang) scheint den Ablaß zu bezeichnen der die ganze Welt
verführt.

64

[585] Ich fro^ew mich das ich kuplen kan,
       Sust wurtz mir lyden úbel gan;
       Das han ich meisterlich und wol gelert
       Und mich nun lang zyt fry mit ernert.   450

       Sid das min tutten fiengend an hangen

[590] Wie ein la^erer sack an einer stangen
       Und sich min hut fieng an rimpfen[173] ,
       Do wolt[174] man nit me mit mir schimpfen:
       Drumm[175] gieng ich in das beginenhus[176] ,   455

       Min[177] alter gwerb trůg nút me us.

[595] Do schickt ich mich vast wol mit klappren[178]
       Und gab mich also[179] under den schappren[180] .
       By krancken lúten kund ich wol:
       Man gab mir gelt und fult mich vol.   460

       Wann ich můß vil wins trunken han:

[600] Sechs mäß gwúnnend[181] mir nit vil an.
       Uff greptnuß, sybent, dryssgost und jarzyt
       Do was mir ein mil wegs nit z' wyt:
       Ich fůgt mich dar, schŏch weder schne noch
       regen.   465

       Ich kan[182] allerley pett und segen

---

[172] Beginen hießen die Mitglieder der von Lambert de Beghe aus Lüttich
gestifteten frommen Frauenvereine, die jedoch später ausarteten. Bächt. 54.

[173] rŭmpfen H, rümpfen B.

[174] wo H.

[175] Darumm H.

[176] baginen hus H.

[177] Das schůf / min H.

[178] klapperē (= schwatzen) H.

[179] alzo H.

[180] schapperē (= Kapuze, Mantel) H.

[181] gwŭnend H.

[182] kan] kain H.

[605] Daran die menschen glouben hand.
Ee man das us rúttet uff dem land,
So bin ich tod und langest vergraben.

Ob sich schon ietz die pfaffen úbel ghaben,   **470**

Do geb ich nit ein schnellen[183] umm:

[610] So sorg ich nit wie ich us kumm.[184]

Der Nollbrûder[185].

[551] Es trybt mich bald von minem wesen,
Das die armen och die gschrifft lesen.

Ich han mich beholfen lang damit   **475**

Der antwort die do Cristus git:

[555] ›Verläß din gût und was du hăst:
So du das thûst und mir nach găst,
So wirstu ganz volkommen sin‹[186].

Das thet ich dar in soᵉllichem schin   **480**

Als het ich größ gût verlan[187]

[560] Und welt gûtwillig armût han,
Und solt man mir durch gotz lon[188] geben,
Das ich moᵉcht ful und ruᵉwig leben,
Damit ich nit muᵉst zû acker gan[189]   **485**

---

[183] mhd. der snal, das snellen: rasche Bewegung, – Nasenstüber, – Schnippchen?

[184] 470–472 ›Somit mache ich mir keine Sorgen darüber, wie ich davon komme, d. h. in welcher Gestalt der Tod mich treffen möge, über den die Pfaffen ein solches Geschrei machen‹.

[185] Die Nollbrüder heißen eigentlich Lollharden und sind eine den weiblichen Beginen oder Begharden entsprechende fromme Vereinigung von Männern.

[186] Vgl. Matth. 19, 27. 29; Mark. 10, 7; Luk. 18, 19.

[187] verlon H.

[188] lob B, willen H. lon scheint den abweichenden Lesarten von B und H zu grunde zu liegen.

[189] gon H.

Oder och sunst andere arbeit *han*[190] .

[565] So hand's die puren iez nit darfür:
Kumm ich iez eim b*u*ren[191] fur die thúr
Oder sust eim schlechten handtwerchsman,
Der wil den spruch vor och verst*a*n   **490**

Und wil och miner meinung spotten,

[570] Spricht: Cristus hab daselbz nit potten
Das der drumm so^ell mu^essig g*a*n[192]
Der wib, kind *und g*ŭ*t* wel[193] verl*a*n[194] ;
Ich so^ell och werchen als ander lút,   **495**

Ich sy doch starck und do^erff sin nút

[575] Des betlens und der glyßnery,
Och das Cristus meinung sy,[195]
Das der *g*ŭ*t*, wib und kind verl*ă*t
(Ob er sy schon sta^etz by im h*ă*t),   **500**

Der nit durch g*ů*t, wib und kind

[580] Welt thůn ein einige súnd,
Dardurch im Gotz huld mo^echt entg*a*n[196] :
Das heiß recht wib und kind verl*a*n[197] .
Ich sorg, sy bringend mich uff die fu^eß,   **505**

[584] Das ich fúrhin och werchen mu^eß.

---

[190] thon H.

[191] bleren H (Schreib- oder Abschreibfehler).

[192] gon H.

[193] D. sin wib vn k. w. B.

[194] verlon H.

[195] 498 ff.: ›Auch (spricht er), Christi Meinung sei die daß der (in rechter Weise) Gut, Weib und Kind verlasse, der – mag er sie auch stets bei sich haben – nicht um seines Gutes, Weibes und Kindes willen irgendwelche Sünde tun wolle‹. g*ů*t war in 494 und 499 des Parallelismus mit 501 wegen aus B aufzunehmen.

[196] entgon H.

[197] verlon H.

Der landvarisch bettler.

[611] Got geb dem leben schier den ritten[198] !
Die puren lond sich vast wol bitten
In sant Jacob und sant Michels namen,
Sant Jos, Annen und der alsammen;   510
[615] Wenn ich mich schon vast ubel ghan,
So thủnd sy eins[199] und spottent min dran:
Warumm ich nit daheimen blyb
Und etwas gwerb und handwerch tryb;
Sy wellent nit fur mich arbeit han   575
[620] Und mich fúr ein juncker pgan[200] !
Nun han ich mich lang mit genert
Und keinerley arbeit gelert
Denn bettlen, gylen[201] , wol schwetzen
Und gan[202] in boᵉsen hudlen[203] und fetzen,   520
[625] Als ob ich die lút erbarmen soᵉll,
Ob man mir dest[204] me geben woᵉll[205] .
Des han ich mengerley angfangen:
Ich bin wol fúnfzehen jar ietz gangen
Alwegen uff sant Jacobs sträss[206] ;   525
[630] Aber, als ich mich nun duncken läss,

---

198 Der ritt(e): Schüttelfrost, Fieber. ›Daß dich der Ritt schütt‹ (schüttle) u. dgl.:
häufige Verwünschung.

199 eins: vgl. zu 410.

200 pgon H. pgan = begân: pflegen, behandeln.

201 b. gutzlen g. H. Das gutzlen = betteln in H ist wohl nur aus der häufigen
Verbindung gutzlen und gîlen (bitten und betteln) in jenen Text
hineingekommen.

202 gon H.

203 hutlen H.

204 dester H.

205 well H.

206 St. Jakobs Straße ist der Weg und die Pilgerfahrt nach San Jago di
Compostella in Spanien, dann Pilgerfahrt überbaupt, endlich (wie hier)
Landstreicherei und Bettelei.

So mag ich mich des nit erneren:
Die puren wend mich ein anders leren.

Der armm kranck husman[207].

Das Got erbarm in sinem thron!
War ist Cristus leer hin kon   **530**
[635] Die allzyt uff die liebe zeigt,
Das man dem armen syg geneigt
Zů hilf ze kommen in sinen noᵉtten?
Der hunger wil mich schier ertoᵉdten
Und mine kind und arme frowen!   **535**

[640] Das ellend můß ich staᵉts anschowen.
Das man den[208] pfaffen git all tag,
Ich glŏb es syg von got ein blăg.
Gross fursten, edel, burger vast rych
Die bettlend staᵉtz und eben glych   **540**

[645] Als hettind s' nit eins hallers wert
Und ryttend doch so hohe pferdt[209],
Hand groß pfrůnden, rendt und gúlt:
Und sind nach allem wollust gfúlt:
Mund was magst? hertz was witt?   **545**

[650] Noch hăt der sack *kein* boden[210] nit.
Och buwt man cloᵉster, thůt múnch drin
Die sust wol moᵉchtind rych gnůg sin,
Starch relling, frysch, můtwillig und gsund;
Die armen lăt man *g*an wie die hund,   **550**

---

[207] husman: heute noch Hŭsmə, Ghŭsmə für einen Verkostgeldeten, um
Kostgeld Untergebrachten; hier wohl: armer Bauer.

[208] den H.

[209] ›Auf hohen Rossen reiten‹ ist ein Schlagwort der Zeit gegenüber den Reichen
und Übermütigen.

[210] den b. H.

[655] Die[211] billicher damit wurdint gespyst.
Also ist man nun mit den pfaffen[212] verwyst
Das man der armen[213] ganz hăt vergessen.
Der gyt hat múnch und nonnen bsessen
Das ir sack kein boden me hăt[214] ,   555

[660] Des[215] meng arm mensch ietz nackent găt.
Erbarm dich, o suᵉsser Jesu Crist,
Syd du och arm gewesen bist:
Lăß uns in armůt nit verzagen!
Du hast all unser súnd getragen   560

[665] Uff das wir wurdint ewig rych.
Es gilt mir iez schier eben glych.
Es ist doch hie nit lang zu leben;
Demnach wirt uns der himmel geben;
So werdent wir bi Lazaro sitzen,   565

[670] Die rychen[216] doᵉrt in's túffels hytzen[217] .
Băpst, bischoff, gross heren und aᵉpt
Die hie allzyt hand wol gelept,
Sy werdent by dem rychen man

[674] In der hell ir wonung han.[218]   570

                    Der edelman fart inher.

[679] Ir bschornen gsellen, ir machent gůt[219]
gschier![220]

───────────────────────────

[211] Die, d. h. die Armen (550).

[212] n. durch pf. B.

[213] des a. B.

[214] Wiederholung von 546.

[215] Des B gleichbedeutend mit Darumm (H), aber ursprünglicher.

[216] rych H.

[217] Nach Luk. 16, 23.

[218] Nach 570 4 weitere Verse (Bibelzitat) B.

[219] g. machent (ir f.) B.

[220] ›Ihr Geistlichen, machet gute Aufwartung!‹ laßt es euch wohl sein!

[680] Lůgend nun das úch niemand ier!
Ir hand doch rendt und gúlt genůg,
So sind ir sicher vor dem pflug
Und wirt úch doch gnůg korn und win,   575
Kompt úch on alle arbeit in

[685] Von acker, holtz, matten, reben,
All frúcht der man sol gleben[221] .
Ir sind wol sicher alle zyt:
Kein wetter úch zů schaffen gyt,   580

Es welle haglen, schnyen, regnen;

[690] Das úch's der útffel[222] muᵉsse gsegnen!
Ich heiß Hans Urich[223] von Hanenkron,
Ir hand aber rendt und gúlt darvon:
Ir hand den nutz und ich den namen.   585

Der túffel nemm úch allsammen!

[695] Miₙ vordren wărend gfryet heren[224]
Und fuᵉrtend ir stăt mit grossen eren:
Do wurdentz úberredt von úch pfaffen,
Sy kúndint vor Got nút bessers schaffen   590

Denn das sy ir gůt nach irem leben

[700] Úch pfaffen, múnchen und nonnen geben:
Sy găbent das gůt den merteil dahin.
Ietz, so ich nun erwachsen bin,
So han ich zehen lepentiger kind   595

---

[221] gleben H = geleben B: sich nähren.

[222] tuffel H.

[223] Ulrich B.

[224] 587 f. Mine v. w. grafen und fryen Als rich, als etliche herzogen syen B: die
Drucke haben die Klage des verarmten Edelmanns durch eine Standeserhöhung
seiner Vorfahren noch wirksamer zu machen geglaubt. Zugleich Spott auf den
1519 abgesetzten und dann besonders zu Luzern und zu Solothurn Hilfe
suchenden Herzog Ulrich von Würtemberg?

Die gůt, edel und blůtlich arm[225] sind:

[705] Sol ich sy nun in die cloᵉster zwingen?

Und so ich s' schon hinin mag pringen,

[707] So werdent sy, als ich besorgen,[226]
Tag und nacht, ăbend und morgen   **600**

In hůren und bůben wis ummlouffen:

[712] Denn wird ich mir das hăr usrouffen,
Und wurdind villichter kinder drus
Als man sy ouch fúnd imm frowenhus,

[715] Wie man das sicht an mengen orten.   **605**

Also, ir pfaffen, mit kurtzen worten:
Es ist ein jămer[227] und ein plăg,
Das man's von úch erlyden mag.
Es mag die lenge númmen sin.

[720] Ir sind des túffels[228] mestschwin[229]   **610**

Und wend *d*och heissen[230] gnedig fúrsten!
Wir muᵉssent úch mit knútlen búrsten![231]
Ich doᵉrfft des gůtz minen kinden wol,
Wenn ich sy nun bald versorgen sol,

[725] Das ir minem vatter *hand*[232] ab*er*logen[233]   **615**

Und listiklich an úch gezogen,

---

[225] blůtlich (blůtlichen B) arm: blutarm.

[226] 599–602 Statt dieser 4 Verse hat B ihrer 6, die Rede etwas zu gunsten des armen Adels mildernde.

[227] iomer H.

[228] tuffels H.

[229] Vgl, o. 333. 337.

[230] Ir w. och h. H.

[231] Ähnliches Sprichwort: mit dem Kolben lausen.

[232] hand f. H.

[233] ab gelogen H: Versehen für aberlogen (B): durch Lügen abgewonnen, abgeschwindelt.

Ja das es kem úch múnchen zů.

Es felt wol urara ein purenschů[234]

Das ir s' in denn himel bringent

[730] Mit úwerm wolfgsang[235] das ir singent.   620

Ir denckend weder an Got noch sin hellgen,

Ja úwer gmůt stät zů hůren und bellgen[236].

Es wer och etwan als gůt wol zů schwygen[237].

Singent ›Gůt Hennsly uff der schyterbygen‹[238],

[735] So ir doch nit besseren andächt hend!   625

[736] Das úch der tonder inn gytsack schend!

[751] Wir edlen mo^egentz nummen erlyden:

Wir můssend úch den kabes bschnyden![239]

---

234 ein purenschů: sprichwörtlich für: ein tüchtiges Stück.

235 wolfgsang: so hatte am 29. August 1529 der wegen seiner Predigten öffentlich verhörte Helfer Jörg Brunner von Klein-Höchstetten bei Bern (s. Einl.) den Lobgesang genannt den man singe, wenn man die Leute für die Kirchenbauten Opfer bringen lasse. Die Flugschrift Vadians 'Das Wolfsgesang' mit entsprechendemTitelbild, in der das Geschrei des Papstes und der Päpstler über seine Würde verspottet wird, war 1521 zu Basel erschienen. Beitrr. a. a. O. 28, 236 ff.; 29, 99 f.

236 balg hier: schlechte Haut, lasterhafter Mensch.

237 Ich gloub, úch wärc vil weger [geziemender] z. sch. B.

238 Wohl der Anfang eines Liedchens, das beim Kiltgang gesungen ward.

239 Die in den Drucken dem Schlußsatz vorausgehende abermalige Erwähnung des Fegefeuers hat wohl ein Zürcher Theologe hier am Schluß der Szene von den Totenmessen und der päpstlichen Hierarchie eingeschoben.

Zweiter Auftritt.

Die päpstliche Schweizergarde.

Des bapst gwardihouptman fieng an und redt, und demnach die andern gwardiknecht.[240]

Der Guardyhöptman.

Danck hab das hirn das ie erdăcht
Das man den sin in puren brăcht,   **630**

[755] Das sy almŭsen und opfer gend
Denen so land und lút *inn*[241] hend
Und ersparend das an armen krúplen,
Blinden, lammen, narren und dúplen,
Die nút uff allem ertrich hend[242] ,   **635**

[760] Die aber dem heiligen vatter gend
Umm apláß, friheit und och bullen.
Die selben schăff gend gŭtte wullen.
Wo wottend wir armen kriegslút blyben?
Solt ich fúrbaß ein hantwerch tryben,   **640**

[765] So muᵉst ich in zwilchen kleider*n* g*a*n[243] :
Sust trag ich sammet und syden an,
Des glychen dise mine *g*sellen[244] .
Man wurd uns in einn pflŭg stellen[245] ,
Zŭ acker, troᵉschen, holtzen und hoᵉwen: **645**

[770] Das wurd mich lyden ŭbel froᵉwen!

---

240 Die Bühnenanweisung f. H.
241 inn f. H.
242 hand H.
243 kleider gon H.
244 xellen H.
245 Vgl. o. 574.

74

Die Guardyknecht: Hans Äberzan[246].

Aller heiligester vatter min!
Das ist ein seliger mensch gesin
Der dich hat prächt zů soᵉllichem stät,
Den Petrus nie gesinnet hät.   650
[775] Dann soltest du ein fischer sin,
So trunk ich wasser me denn win.
Nun behuᵉt dir got din sinn und gmuᵉt
Das es allzyt nach kriegen wuᵉtt!
Denn soᵉltestu nach fryden stellen,   655
[780] So werind wir all lyden armgsellen[247].

Knecht Heiny Ankennapf.

Der bapst ist mir *ein*[248] grechter got:
Er fuᵉgt wol fúr die armen rot;
Er weist wol *was*[249] eim kriegs*man*[250] prist[251],
So er selb och ein kriegsman[252] ist.   660
[785] Er hat mir dry gůtter pfrůnden geben,
Die sol ich nutzen die wil ich leben;
Die verdienen ich mit hellenbarten,
Der kilchen darff ich gar nit warten.
Ich sing die syben zyt bim win: 665
[790] Ich kan ein frier corher sin
Und han ein fins huᵉrly amm barren.   670

---

246 Äberzan] Zan B (wohl bloße Flüchtigkeit des Druckers: Burg 133).
247 xellen H.
248 ein f. H.
249 was f. H.
250 man f. H
(Flüchtigkeit).
251 prist = gebristet: gebricht, nottut.
252 kriesiman (›Kirschenmann‹) B: wohl schlechter Witz eines Schreibers oder
Setzers.

Die puren sind groß toppel narren²⁵³ ,
Das sy mir gend zins und gúlt:
Damit wirt²⁵⁴ hůren und bůben gfúlt.

[795] Sag an, du palg, wie gfalt es dir?
Ich mein vast des glychen alls mir.

Die kriegsmetz Sibilla Zoᵉpply.

Wie kan mir das vast úbel gfallen.
Mir und och minen gsellen allen,
Das dir der bapst vil pfrůnden gitt;   675

[800] Das gfalt mir wol: warumm das nit²⁵⁵ ?
Ich bin zů metty gůtter dingen,
Ich hilf dir *non*²⁵⁶ und vesper singen:

[803] Ich sing ›Ich weiß mir ein fine frow vischerin‹²⁵⁷

[805] Das kan mir ein kriegscher psalm sin –,   680

Den Bennzenower²⁵⁸ fúr den ymmß!
Gitt man dir noch me pfruᵉnd, so nimß!
Wir wend s' wol verschlemmen und temmen,
Hůren und bůben ee z'hilf nemmen!

Ludy Krútterziger.

[810] Nun bin ich och lang nahin gloffen,   685

Darzů ich noch allweg hoffen,
Mir werd och ein pfrůnd²⁵⁹ oder dry

---

²⁵³ Doppelnarren? Narren beim Spielen (toplen)? wenn nicht Fehler für düppel
und n. (Bächt. nach A).

²⁵⁴ wirt, Sing. für Plur. da die Subjekte erst nachfolgen.

²⁵⁵ des n. B.

²⁵⁶ non B] mess H.

²⁵⁷ Wohl Anfang eines volksmäßigen Liebesliedes.

²⁵⁸ Benzenauer hieß die beliebte Weise eines Liedes auf einen Johann von
Pienzenau 1504.

²⁵⁹ pfruend H.

Das ich ein rycher dorffpfaff sy.

Ich mag nút dester minder wol kriegen

[815] Und schweren, der himel moᵉcht sich biegen,   **690**

Kriegen, toᵉden, rouben und brennen,
Von einer schlacht zur andren rennen
Als ander kriegslútt hand getăn[260] :
Der bapst mag mir's och *wol*[261] nachlăn[262] .

Dies Kallpskopf.

[820] Ich bin och ein kriegsman: warumm das nit[263] ?   **695**

Ich bin der man und kan darmit
Eim heren dienen umm den sold.
Dem băpst bin ich von hertzen hold:
By im hab ich gŭt glúck und *g*fell[264] .

[825] Ich stande hie wie kriegsch ich well,   **700**

So bin ich korher zŭ Kupferthon[265] :
Zweyhundert Rinsch guldy han ich darvon
All[266] jar, da gat mir nit ein haller ab:
Damit mag ich wol sin gŭtt knab[267] .

[830] Wenn ich min pfrŭnd verdienen sol,   **705**

So kan ich's fry und darffs vast wol:
Ich kan den bapst inn kriegen nútzen,

---

260 geton H.

261 wol B, f. H.

262 nach lon H.

263 des n. B.

264 gluck und gefell (Erfolg) H.

265 Kupferthon: rätselhafter Name; nach einer Vermutung bei Burg 134 verlesen aus Kupf'ion d. h. Kupfrion = Cyprianus.

266 Alle H.

267 s. ain gŭtter k. H.

Das das blůt můß gemm²⁶⁸ himel sprútzen.

Demm băpst ist gar gůt zů dienen,

[835] Sins glich ist uff ertrich nienen: **710**

Er nimpt ein trosser²⁶⁹ uss dem stal
Und macht²⁷⁰ uss im ein cardinal,
Ja wenn er sich in kriegen wol halt
Und vil cristener²⁷¹ koᵉpf zerspalt.

[840] Er ist ein kriegsman, der pfaffen got,²⁷²   **715**

Er fuᵉgt vast wol fúr die armen rott.

Der schryber²⁷³ spricht.

Der bapst der ist ein got uff erden!
Des sol imm von mir kuntschaft werden,
Und billich: warumm das nit?

[845] Die natur das selb gesatzt gitt,   **720**

Ja wenn einer gůtz von eim empfăcht
Im zů nutz, und er's nit verschmăcht,
Das er's och soᵉll denn mit im han²⁷⁴ :
Darumm wil ich den băpst nit lan,

[850] Denn er hat veil vil dings umm gelt,   **725**

---

²⁶⁸ gemm (H, gen B): wohl ma. Zusammenziehung von gegen dem. Die Form und der ganze Gedanke wiederholen sich 1567.

²⁶⁹ trosser: Troßbube. Dafür bůben B. Kardinal Schinner war als Knabe Geißbub gewesen.

²⁷⁰ machet H.

²⁷¹ cristener: Gen. pl. des Adj. cristen, christlich.

²⁷² 715 f. Nachdrückliche Wiederholung von 657 f.

²⁷³ schryber: hier Feldschreiber (was Manuel 1516 und 1522 für die auf französischer Seite stehenden Berner war).

²⁷⁴ 720–723 ›Die Natur gibt selbst dieses Gesetz daß, wenn einer von einem andern gutes empfängt das ihm nützt, und er es nicht ablehnt, er dann zu jenem halten soll.‹ Die abweichende Fassung in B (845–848) will deutlicher sein als H, das aber auch einen ganz guten Sinn gibt.

Das man nit findt in aller welt:
Den himel, die hell, die ee, den eid,
Die súnd, die tugent und alle fryheit.
Da gibt es denn gelt bim huffen:

[855] So mag das onnútz voᵉlkly suffen.   730

Bly[275] und wachs, schnuᵉr[276] und bermendt:
Damit machend wir gult und rendt
Und werdent heren, groß provosen[277] ;
Darby sond wir gar billich losen

[860] Was der bapst von uns welle han: 735

Was găt uns dan Cristus an
Und Peter mit dem glatzeten grind
Die doch bed arm bettler gwesen sind?

---

[275] Bly: das Bleisiegel der päpstlichen Urkunden, vgl. 444. Die Drucke fügen
dieser Aufzählung noch bapir hinzu.

[276] schnŭr H, schnüer B, schnier E.

[277] provosen: Unterrichter, Vorgesetzte überhaupt.

Dritter Auftritt.

Rhodiserszene.

In disen worten kam ein *post* schnell har geritten, und demselben nach ein ritter von Rodis[278] mit grosser il rennende mit verhengtem zoum dem bapst zů.[279]

Der post.

Heiliger *vatter*[280] und grosser her!

[865] Es kumpt ein botschafft uber mer,   **740**

Die soltu ylentz fúr dich lan[281] :

[867] Es trifft den helgen glöben an!

Der Rodysser ritter.

[870] Lieber hoptman und gůter frúnd!
Sid ir ein her der guardy sind,
So helfend mir ylentz hinin   **745**

– Es will fast vil dran glegen[282] sin –
Das ich mich nit lang sumen můß

[875] Und komm fúr[283] des heiligen vatters fůß!

---

[278] Rodis (auf der Hauptsilbe betont, daher auch die Ableitung ohneZweifel Ródisser zu schreiben und zu sprechen): Rhodus, der Sitz des Johanniterordens, ward zur Zeit Papst Adrians VI. seit dem 28. Juli 1522 von den Türken unter Suleiman II. belagert und nach tapferster Gegenwehr am 25. Dezember dess. Js. ihnen übergeben.

[279] DieBühnenanweisung f. H.

[280] vatter f. H.

[281] lon H.

[282] daran gelegen HB.

[283] fur H.

Der höptman.

Sind mir gott willkommen, lieber her!
Ir sind on zwyffel gritten feer.   750
Ich will úch helfen so bald ich mag:
So thůnd ir úwer sach an tag.

Der höptman zum bapst.

[880] Heiliger vatter, es kompt ein ritter
Ilentz haᵉr in boᵉsem gwitter²⁸⁴ ;
Schnell und bald verhoᵉrend in: 755

Zů úch verlangt sin můt und sin.

Der băpst.

Lăssend mir in kommen haᵉr:

[885] Er bringt on zwyffel núwe maᵉr.

Der Rodysser ritter.

Aller heiligster²⁸⁵ vatter und her in got!
Das aller erst du wissen sot   760

Unser aller willig dienstberkeit
Gantz underworffen allzyt bereit!

[890] Dem nach min befelch und ernstlich pitt
– Drumm lăss dich, her, verdriessen nitt –:
Es embútend diner *h*elikeit²⁸⁶   765

Ir grůß und dienst allzyt bereit
Der oberst meister unsers orde*n*

[895] Und alle die beleit sind worden   770

---

²⁸⁴ gwitter: der ungewöhnliche bildliche Ausdruck für ›Aufregung, Unmut‹ hat
den Drucker (B) zu einer Änderung veranlaßt (er weinet bitter).
²⁸⁵ hailigest' H.
²⁸⁶ selikait H.

Zů Rodis von des Túrcken her,
Hand mich gesant schnell uber mer

Zů dinr großmechtigen *h*elikeit[287]
Klagen jămer[288] , angst, nöt und leid.

[900] Die zyt sid mittem ougsten har[289]
– Die dunkt uns lenger den ein jar –
Hat uns der Túrck die stat beleit,   775

An lyb und gůt findtlich abgseit
Und schúst darin tag und nacht.

[905] Er lyt mit siner grossen macht
Vor der stat ze wasser und ze land;
Er stúrmpt all tag mit gwerter hand;   780

Da ist och kein abel*a*n[290] .
Zwey mal hundert tusent man

[910] Hat er darvor in sinem gwalt;
Er schúst das thúrnn und muren falt.
Vier tusent kuglen hat er hinin geschossen,   785

Die hand vil cristenblůt vergossen.
Die kuglen sind den meren teil,

[915] Wenn man sy mist mit einem seil,
Im zircker[291] zehen span*n*en[292] wyt.
Tag und nacht ist sturm und stryt.   790

O her, da bschicht vast grosse*r*[293] schaden!
Sy stănd[294] im blůt bis an die waden.

---

[287] selikait H.

[288] jomer H.

[289] Die eigentliche Belagerung und Beschießung der Hauptstadt mochte erst einige Zeit nach der Besetzung von Rhodus (28. Juli) begonnen haben.

[290] abelon H.

[291] zirkel B.

[292] spangē scheint Schreibfehler B. Der Umfang der Kugeln wäre danach ungefähr 2 Mtr., der Durchmesser etwa 60 Zm. gewesen.

[293] grossen B.

[620] Hunger, jämmer²⁹⁵ , ellend und tod:
On underläß ist dise nött.²⁹⁶
Von wyb und kind ist da²⁹⁷ ein gschrei,   795

Das eim²⁹⁸ das hertz im lyb enzwey
Ze tusent mälen²⁹⁹ moᵉcht zerspringen!

[925] O her, der Túrck der wil sy zwingen!
Wo man sy nit by zyt entschútt,

[927] So blypt kein mensch bim leben nit.³⁰⁰   800

[928] Wyb und kind es müß als dran.   803

Darnach wirt's an Apulien³⁰¹ gan

[930] Und fúr und fúr, wo man nit wert,   805

Bis er die cristen all umbkert³⁰² .
Nun hastu dick gross gůt ingnommen
Das an den Túrckenkrieg solt kommen:
Das gib nun us, wann es ist zyt!

[935] Sid das der merteil an dir lyt   810

Und du Cristi erbteil nússest
Und selbs cristenblůt vergússest,
Soltu billich sin da vornen dran,
Die cristen nit zů grund lan gan³⁰³ !

---

²⁹⁴ stond H.
²⁹⁵ iommer H.
²⁹⁶ 793. 794 umgestellt B.
²⁹⁷ da ist B.
²⁹⁸ das] sin B.
²⁹⁹ mäl H.
³⁰⁰ Nach 800 2 weitere Verse (im Text mitgezählt nach Burg): Sy muessend gespisset vn präten werden / Da hilft kain pitt vff erden H: wohl eine Vorerinnerung des Schreibers an V. 870, dem er hier (802 H) durch einen mühsamen Reim (:erden) einen Gespan schafft.
³⁰¹ Ipulien H, wohl Schreibfehler.
³⁰² umbkert (umk. H): umwirft, vernichtet.
³⁰³ lon, gon H.

[940] All unser hoffnung stăt an dir: **815**

Ach heiliger vatter, hilff uns schier!

Der băpst zum Rodisser.

Zů diser zyt so denk sin[304] nit
Das ich Rodis ietz entschútt!
Ich han wol anders ietz zů schaffen,

[945] Ich und alle[305] mine pfaffen: **820**

Zů kriegen mit minen cristen.
Da darff ich sorg und aller listen,
Wie ich dem[306] kúng uss Frankrich,
Den Venedigern und deren glich

[950] Múg gewúnnen ab ir land. **825**

Darzů so leg mir wol zur hand
Verrer und margrauffschafft[307] Urbin,[308]
Moᵉcht ich die selben nemmen in,
Die wil der keiser kriegt im feld:

[955] Darzů darff ich selber gelt. **830**

Ich han das nechst vergangen jar
Gestreckt all min vermúgen dar,

[958] Das mir wurd Plesentz und Barmen.

---

[304] sin (nur B): dessen.

[305] all H.

[306] den H.

[307] vnd die M.V. H.

[308] Ferrara, Urbino, Piacenza (Placentia), Parma. Manuel bezieht sich hier auf den Bund, der, schon von Adrians Vorgänger Leo mit Karl V. gegen Frankreich geschlossen und von Adrian erneuert, dem Papste die Herzogtümer Ferrara, Piacenza und Parma verschaffen sollte. Bächt. S. 68.

[961] Solt mich das cristenblůt erbarmen,[309]
So het ich's under wegen glăn[310] ,   **835**

Dem Túrcken widerstand getăn[311] ,
Das er in Unger nit gwonnen hett

[965] So vil gůtter búrg[312] und stett.   **838**

Der keiser und ich sind ietzen *g*sellen[313] :   **841**

Wenn wir zwen hettend wellen
Unsern ernst legen daran,
Den selben zúg ann Túrcken lăn[314] ,

[970] Den wir hand brucht an cristenblůt,   **845**

Zů Rodis wer es ietz wol gut:
Wir hettind den Túrcken[315] wol vertriben,
Das Rodis ietz[316] wer sicher blyben.
Aber nein, es git nit speck in d'růben[317] !

[975] Wir muᵉessend uns allwegen uᵉben,   **850**

Das wir gwúnnind land und lút;
Sust schatzty man den bapst ganz nút:
Man hielte mich nummen[318] fúr[319] einn got.
Ich han mit aller miner rott

[980] Mins eignen nutz so vil zů trachten   **855**

---

309 Nach 834 und nach 838 je 2 nichtssagende und frühere Stellen wiederholende
Vss. (B 960/961, H 839/840) BH.
310 glon H.
311 geton H.
312 bůrg H.
313 xellen H.
314 lon H.
315 Turcken H.
316 iez H] vor im B.
317 Sprichwort wie oben 168 u. Anm. zu 158 ff.
318 nummen {nit me B): nicht mehr.
319 fur H.

[983] Das ich des Túrcken nit vast achten,[320]
Got geb wie es zů Rodis gang.

[985] Ich hoff es syg noch eben lang
Dahin, bis das des Túrcken her
Gen Rom komm und uber mer![321]   860

[988] Far hin, min lieber commentür[322] :
Ich geb[323] dir nit ein haller ze stür!

Ritter.

[990] Nun erbarm's Gott in sinem tron!
Ach dass ich in Rodis ie bin kon
Und ich die frommen ritter gůt   865

Ie hab erkennt die ietz ir blůt
An Türken so lang vergossen hend

[995] Und doch ietz so jämerlich und ellend
Müessend sterben mit grosser pin!
Sie müessend gespisset, gebraten sin.   870

O Christ vom himmel, sich nun an:
Die ritter hand ir best getan

[1000] Und gstritten, herr, durch dinen willen!
Ir ellend wil ietz gar niemands stillen.
Sie hand kein trost in aller welt,   875

Weder durch lüt, spis, hilf noch gelt:
Sie sind verlassen von iederman.

---

[320] Statt 855/856 4 schlechte Verse (980 bis 983) B.

[321] Nach 860 beginnt die große Lücke in H, die durch B 988–1588 ausgefüllt
wird. Wir wenden in diesen 600 Vss., die wir (links in [ ]) mit 988 beginnend
nach B weiter beziffern und zugleich (rechts, in Fettschrift) an H 860
anschließend bis 1383 fortzählen, im ganzen auch die Schreibung von B (nach
Bächtold) an (z. B. ä ö ü üe gegen ae oe ú ue der bisher befolgten Hs. H) und
bezeichnen nur unsre wenigen Abweichungen von B durch Schrägschrift.

[322] commentür nach latein. commendator; später ›Komtur‹.

[323] geb Proet. cj. wie wer, leg 421. 826 u. ö.

[1005] Ja bapst und keiser grifend an
Die christen selbs und tůnd derglich,
Als machtind s' gern den Türken rich, **880**

Und hindrend ander fromm fürsten dran
Dass ir keiner sin hilf schicken kan

[1010] Gen Rodis noch an andre ort,
Mort, mort, mort, o ewigklichen mort!
Ach gott, wie magstu das jamer sehen! **885**

O wie lang lastu das mort beschehen!
Erbarm dich, Gott, durch din blůt

[1015] Über die frommen ritter gůt!
Empfach ir selen in dinen tron!
Alde[324], ich far ietz ouch darvon **890**

Gen Rodis, ob mir müglich ist,
Wil sterben als ein gůter christ.

[1020] Darzů verlich mir Gott sin kraft!
O we der ellenden botschaft
Die ich von Rom gen Rodis bring! **895**

Ach Gott, schöpfer aller ding,
Din volk wellist selber fristen!

[1025] In Rom sind wenig güter christen.

Der ritter kert sich um und schlůg
an sin brust und sprach wider sich:

O bapst, bapst, wie bistu so gar verirt!
Du bist ein wolf und nit ein hirt[325] , **900**

Dass du so ganz erblindet bist:
Du bist, ich gloub, der war antichrist!

[1030] Wo sind ir blůtshünd in roten hüeten?[326] **905**

---

324 Aldê, Nebenform von adê.
325 Vgl. o. 135, Beitrr. S. 98. 99.

Ir machend selbs wohl christen zů blüeten.
Warumb beschirmend ir nit den christenglouben,

So ir doch täglich die ganzen welt berouben?
Wo ist nun das gross unsäglich gelt,

[1035] Das ir hand gnon³²⁷ durch christenwelt?
Hůren und bůben hand es vertan,
Die christen lond ir zů schitren gan.　　　910

Die sünd der Sodomiten die ist hie
Ja so gross als vor der straf Gotts ie!

[1040] Was darf s vil kramanzen und langer red?
Du bapst und keiser Carolus, ir bed
Sind nit unschuldig an dem blůt　　　915

Das ietz der Türk vergiessen tůt!
O bapst, bapst, fürchstu nit Gott?

[1045] Dine roten hüet und bschorne rott
Hand blůtig und roubwölfen zän!
Ir hettind gůt würstmacher gen,　　　920

So ir so gern im blůt umbgand,
Ein lust die lüt zů metzgen hand!

[1050] Das blůt das ir vergossen hend,
Läg es iez frisch an einem end,
Ir möchtend all darin ertrinken,　　　925

Ja schier gar nach ganz Rom versinken.
Meinstu drum dass dich Gott hie nit well strafen,

[1055] Sin göttlich grechtigkeit sig drum entschlafen?³²⁸
Fürwar, fürwar, es kumpt die stund
Dass dich das schwert us sinem mund³²⁹　　　930

Wirt zů boden richten gar

---

³²⁶ Beitrr. S. 97–99; ›Traum‹ bei Burg Vs. 138.
³²⁷ genon B.
³²⁸ Vgl. Psalm 43, 23.
³²⁹ Das Schwert der Offenbarung Johannis I, 16.

Mit diner schölmischen bůbenschar,

[1060] Wie das vom entchrist[330] gschriben stat,
Sant Peter selbs wisgsagt hat[331] .

Ja du und alle dine fründ: **935**

Dass üch das hellsch für anzünd!

[*Der Ritter sprengt davon.*]

Der Türk. Schupi Massgan[332]
[*erscheint im Hintergrunde*]

Ir christen, was sind ir für lüt!

[1065] Üwer ding sol doch minder denn nüt
Und werdend allen fölkern zů spott.
Zů Rom hand ir ein besundren gott,   **940**

Dem gebend ir gelt glich wie sprüwer.
Nun sehend zů: er spottet üwer.

[1070] Wo hilft er üch in üweren nöten?
Ja er lasst üch wol selb ertöten:
Darumb ist üwer billich zů spotten.   **945**

Von Ungerland ist üch dick entboten,
Do wir das land gewunnen hand[333] .

[1075] Pfuch laster und ewige schand!
Rodis hand wir ietz ouch gewunnen,
So ist Naplis noch nit entrunnen;   **950**

Demnach gen Rom wirt unser reis.
Also so wirt der erdenkreis

[1080] In kurzer zit uns gar zů hand.
Wir habend schon der christen land   **955**

---

[330] entchrist: Alte Umdeutschung von Antichristus (als Christus des Weltendes).

[331] II. Brief Petri 3, 34.

[332] Vermutlich Entstellung eines türkischen Namens.

[333] Sultan Suleiman war in Ungarn eingefallen, nachdem er am 29. August 1521 Belgrad erobert hatte.

Dri teil von üwerem glouben genommen:

Der fierteil wirt bald nacher kommen.

[*Er verschwindet.*]

Vierter Auftritt.

Bauernszene.

Doctor Lupolt predicant[334].

O we der ellenden sachen!

[1085]Wie mag ich frölichen lachen,
   So ich sich den bapst unseren junkern zart
   Dahar faren in so grosser hoffart   960

   Und wie sorglich es zů Rhodis stat!
   Das selb im leider wenig zů herzen gat.

[1090]Ich reden es uf die trüwe min:
   Er ist nit würdig dass er möge sin
   Der allerminst süwhirt in diser welt,   965

   So er begert zů haben land, lüt und gelt,
   Das zů bringen under sinen zwang.

[1095]Ich hoff, es söl nit wären lang:
   Aller anhang in sinem orden
   Werdend bald daran müessen erworgen[335] ,   970

   Dann sin wesen ist wider Christus ler.
   Wer ist aber so frisch gewesen bisher,

[1100]Der im hab bedörfen reden drin?
   Hat nit der müessen gebannet sin,
   Darzů hie uf diser erden   975

---

[334] Der Name Doctor Lupolt predicant (unten vor 1665 in beiden Fassungen
Doctor Lúpolt Schúchnit) wird von Burg (S. 100) ansprechend aus Lúp(priester
Bercht)olt abgeleitet und mit früheren Erklärern auf den Prädikanten und
Reformator Berchtolt Haller, Leutpriester zu Bern, gedeutet; doch könnte der
Doktortitel vielleicht darauf hinweisen, daß seine Gestalt aus denen Berchtolt
Hallers und Sebastian Meiers, der Doktor der Heiligen Schrift war, kombiniert
ist.

[335] Die unreinen Reime hier wie 977 f. 981 f. machen diese Rede des Doktors, für
die wir hier nur auf die Drucke angewiesen sind, einigermaßen fremder
Einschiebung verdächtig.

Fúr einen ketzer gehalten werden?[336]
Des bischofs dreck us essich essen[337],

[1105]Sin seckel suber und rein wäschen
Von aller siner barschaft gar,
Dass im ist bliben weder hut noch har: 980

Dise schindery kompt vom bapst us Rom.
Ir frommen landlüt, wüssend ir nit darvon?

Pur. Nickli Zettmist[338].

[1110]Nachpur, Gott geb dem bapst den r—angen[339]!
Es ist mir übel mit im gangen.
Ich hatt em wenig wider in geredt,   985

Dass mich unser kilchherr in den ban tet.
Und eben in den selbigen tagen[340]

[1115]Hort ich von eim grossen ablass sagen,
Der wär zů Bern in der statt.
Darumb ich min husfrouw bat   990

Dass sie mir helfen wett um gelt,

---

[336] 974-976 Hindeutung auf Luther und seine Bannung 1520?

[337] Die ekelhafteste Speise zu genießen, d. h. sich alles gefallen zu lassen.

[338] Die hier auftretenden sieben Bauern tragen in unsern gedruckten Texten (der hsl. hat hier immer noch seine Lücke) Namen mit Zunamen, die ihre Hantierung und Kleidung bezeichnen (ähnlich wie die zwei Bauern des Spiels PCG, sowohl in der Hs. H als in den Drucken) oder an Kirchenheilige des Berner Landes erinnern können nämlich Nickli Zettmist, Růfli Pflegel, Heini Filzhůt, Zenz (= Vincentius, Kirchenheiliger von Bern), Klepfgeisel, Batt (= Beatus, Patron des Oberlandes) Süwschmer: damit, sowie mit dem Amman von Hanfdorf und dem Amman von Maraschwil und mit den Bauern in PCG, könnten wohl bestimmte Persönlichkeiten gemeint sein.

[339] Der range (eine Schweinekrankheit) tritt hier als verächtliche Steigerung des sonst etwa dem Gegner angewünschten Fiebers (des ritten) ein, s. o. 507 und u. 1120.

[340] Zu Anfang Novembers 1518 hatte Bernhardin Samson, unterstützt von dem Chorherrn Heinrich Wölfli (Lupulus) zu Bern, im Münster daselbst seine Ablaßpredigten gehalten.

Denn mich tucht, alle welt

[1120]Welte gen Bern hinin loufen
Und des bapsts ablass koufen.

Sie sprach: ›Die kindbette hat mich ganz eröst,   **995**

Doch hab ich ein guldin us eiern gelöst,
Den wil ich dir geben uf min sterben,

[1125]Dass du doch nit also müessist verderben
In des bapstes[341] banden
Aller welt ze schanden.‹   **1000**

Von rechter fröuden ich da ufsprang,
Gen Bern ich in die kilchen vast trang:

[1130]Da hort ich orgelen und wol singen
Und fieng an mit macht fürhin ze tringen
In unser frowen capelen[342] dört vor,   **1005**

Die stat uf der rechten siten am chor.
Ich fieng glich an von andacht schwitzen.

[1135]Da sach ich ein alten münch sitzen
Un an der siten neben im stan
Gar ein finen wolgelerten man: **1010**

Meister Heini Wölfli ist er genant;
Nachpur Růfli, ist er dir wol bekant?

[1140]Ich halt in für ein geschickten gesellen.
Der fieng an, dem münch min sach ze erzellen.
Ich knüwet nider an der selben statt;   **1015**

Gar trüwlich ich den ablasskrämer bat,
Dass er mir wette ablass geben

[1145]Über min armes sündigs leben.
Und wolt ich han darumb ein brief,   **1020**

---

[341] bapsts H.

[342] Es ist die ehemalige Marienkapelle am Ende des Seitenschiffs auf der Südseite des Chors, bei dem jetzigen Zäringerdenkmal.

So müsst ich grifen in seckel tief
Und müst im gen ein guldin rot.
Ich hette sinen bass dörfen umb brot.

[1150]Ich macht mich heim ungessen und -trunken,
Ich wäre schier im veld nider gesunken;
Ich hatt schier weder vernunft noch aten;   **1025**

Ich wond fürwar, Gott hette mich beraten.
Do mir min husfrow entgegen lief,

[1155]Knüwetend wir beide für den brief,
Betetend beide mit nassen trähen.
Ich wond, ich hette Gott selber gesehen –,   **1030**

Bis dass ich vernam, es sölte nüt:
Des ward ich bericht durch witzig lüt.

[1160]Do ward ich ganz von zorn entrüst
Und han den ars an brief gewüst[343] .
Nachpur Rüfli, ich müss dir's klagen,   **1035**

Es lit mir noch in minem magen!

Pur. Rüfli Pflegel.

Ja ich han sie warlich wol gesehn[344] :

[1165]Sie predgetend beid, die selben zween.
Ich sach dass der graw münch uf dem altar sass
Und meister Heinrich Wölfli neben im was;   **1040**

Und was der münch redt in latin,
Das kond meister Heinrich so fin

[1170]In tütsch dartün, so glat und lieplich sagen
Grad als wettind sie beid den Cüntzen jagen[345] ,
Und wurfend die puren in unserem gricht   **1045**

---

[343] gewüst zu wüschen: zum Reim vgl. 1067 f. 1095 f.
[344] gesehn: des Reimes wegen gesên oder gesän gesprochen.
[345] ›den Cüntzen jagen‹, Gaukelspiel treiben: Schw. Idiot. 3, 380.

So vil gelts ins becki, es ward[346] überricht;
Es klinglet stets den ganzen tag

[1175]Und vielend gůt vögel in den schlag.

Do rieng man an koufen und verkoufen
– Ich wond sie wöltend einandren roufen –:   1050

Eins gab man dings, das ander bar;
Von sant Michel über ein jar

[1180]Oder zů zweien zilen bezalt man die brief.
Ich meint, es wäre uf den tag nit[347] so tief
In armer spinnerin trog verborgen,   1055

Man sůcht es herfür am selben morgen.
Das wäret nun ein gar lange zit.

[1185]Ich gedacht: Ist dann der tüfel im git?
Ach was ist doch das für ein leben!
Sie gabend nieman nüt vergeben.   1060

Do was ein trucken und ein treng!
Doch macht ich mins teils nieman zů eng;

[1190]Aber mine nachpuren hattend kein rů:
Sie trungend tüfelichen darzů;
Sie wondend, sie söltind den himel koufen   1065

Und von stund an all einsmals hinin loufen,
Desglich ouch ander puren sust:

[1195]Ich lachet dass mir ein furz entwust.
Ich dacht, do ich die ablasskremer sach,
Dem gůten frommen Jesus trüwlich nach,   1070

Wie er zů Jerusalem in tempel gieng,
Da so vil schaf, kelber und tuben hieng,

[1200]Die man solt opfren nach dem gsatz,
– Wechselbenk und ander koufmanschatz –,   1075

---

[346] war B.
[347] nit: nichts, lies nüt?

Wie er sie treib mit geislen us

Und sprach: ›Es ist mins vaters hus,
Das machend ir zur mördergrůben!‹[348]

[1205]Wett gott dass er zů disen bůben
Grad iez in dise kilchen käm
Und ouch ein gůte geislen näm   1080

Und schlüeg die schelmen úber die lende!
Dass üch der tüfel uf ein hufen schende

[1210]Ja mit dem jarmerkt in der kilchen!
Ich sprach zů mengem: ›Bis gottwilchen!
Bistu ietz im himel gsin   1085

Oder witt du erst darin?
Mich dunkt – uf min jüngste fart! –

[1215]Du hettist das gelt wol erspart!
Ich hort dass der münch offenlich redt
Dass er all Berner erlösen wett   1090

Die gestorben vor vil tusend jaren[349] :
Die söltind grad all von stund an zů himel faren.

[1220]Ich was fro dass er mich nit ouch faren hiess
Und dass er mich noch den tag hieniden liess,
Dann ich hatt mine schů noch nit gewüst   1095

Und was sunst ouch vast übel gerüst.

Pur. Der amman von Hanfdorf.

Lieben, frommen und trüwen lantlüt!

[1225]Der selben sach der denkend nüt!
Das gelt ist hin an galgen kon[350] :
Werdend nur noch witzig darvon!   1100

---

[348] Matth. 21, 12 f. Marc. 11, 15. Luc. 19, 45 f.

[349] j. waren B.

[350] Anspielung auf die an den Galgen gehefteten Ablassbriefe des Bischofs von Lausanne, die man sich zur Warnung vor dem Ablass solle dienen lassen?

Aber der wirt billich ein grosser böswicht geschetzt
Der den römschen ablass so tür hat verpfendt und
versetzt!³⁵¹

[1230]Wüsstend wir doch wie tür er stat,
Dass der doch sich nit lösen lat!
Ich komme war ich well uf aller welt,   **1105**

So ist der römisch ablass versetzt umb gelt!
Es sye uf wasser oder uf erden,

[1235]Der ablass kan nienan gelöst werden.
Es ist kein kilchli nit so klein,
So alt, wüest, rüssig noch unrein   **1110**

Denn dass sie stond und all tag schryen,³⁵²
Dass man den ablass möge fryen:

[1240]›Lösend den ablass! lösend den ablass!‹
Und käm einer zů hinderst in Naplas:
Uf aller diser witen erden   **1115**

Der ablass mag nit gelöst werden.
Wenn nimpt s' ein end, die schindery?

[1245]Ich mein dass da kein boden si.³⁵³
Gott geb er werde gelöst oder nit:
Gib ich ein pfennig, dass mich der ritt schitt!³⁵⁴   **1120**

Ich wil in nit underston zu lösen:
Wir wend das unser sunst wol vertösen.

Pur. Heini Filzhůt.

[1250]Man hat nun gelöst ein lange zit
– Sechshundert jaren velt³⁵⁵ es nit wit –:   **1125**

---

³⁵¹ Vgl. oben 317 ff. Die Meinung ist, die Pfaffen hätten den Ablaß, das
Vermögen der Sündenvergebung verpfändet oder verpachtet.
³⁵² 11 f. umgestellt B, berichtigt von Burg 133²).
³⁵³ Vgl. 546.
³⁵⁴ Vgl. o. 507; unten 1128, zu 983.

Noch ist der ablass stets versetzt.

Ich hab in noch nie anders geschetzt
Denn grad wie ein kutzen vor der hütten[356] !

[1255]Ich liess sie den jarritt[357] schütten.
Wenn ich an römischen ablass gloub,
So sagend, Heine Filzhût sye toub!   1130

Lond pfaffen reden was und wie sie wend.
Ja wenn wir sunst armen huslüten gend,

[1260]Unseren nachpuren, deren vast vil sind
Arm, ellend und krank und hand ouch kind:
Das gevalt am allerhöchsten Gott,   1135

Es sind ouch sine gheiss und gebot.
Christus, do er uf ertrich was,

[1265]Do tet und hielt er alles das,
Das Gott hat geboten, nach dem gsatz;
Aber sunst ander götzpfaffen geschwatz   1140

Und ire gebot die sie selbs erdachtend
Und us iren eignen köpfen brachtend,

[1270]Darmit sie bruchtend vast grossen pracht;
Die hat er ruch gestraft, fri veracht.
Gott geb sie gebietind und bannind was sie wend: 1145

Wo sie nit claren grund darum helger gschrift hend,
So sind wir nit schuldig dass wir's halten,

[1275]Verachtend's fri, lond Gott darumb walten.
Sprechend sie dann, es sye in concilien geboten,
Ja so mag man der närrischen antwort wol spotten.   1150

---

[355] velt: fehlt. Mehr als 500 Jahre seien die Priester irregegangen und hätten die Menschen betrogen, hatte laut der Verhandlung vom 29. August 1522 der Helfer Brunner gepredigt.

[356] Kauz als Lockvogel vor der Hütte des Vogelstellers oder am Hüttentor angenagelt als Popanz oder Vogelscheuche.

[357] jarritt: der das ganze Jahr durch dauernde ritt(e) (Fieber), Schw. Id. 6, 1724.

Sie gründend daruf allermeist,
Sie ratind denn im heiligen geist[358]

[1280]Und sye alles gerecht was sie machen:
Der närrischen antwort můss ich lachen[359] .
Das stinkt und ist ein fuler braten.   **1155**

Us was geists hand sie do geraten
Do man die sach ganz zeletst erfůr

[1285]Und machet[360] ein bapst, das was ein hůr
Und machet ein kind bi einem man[361] :
Welcher geist hat das getan?   **1160**

Der lieplich geist der weisheit
Der die süw in's wasser reit![362]

[1290]Der heilig geist was wit darvon.
Nun lůg, wie bestond sie so fin und schon
Bi irem heilgen geist mit eren!   **1165**

Sie machtend ein hůr zů einem herren,
Und solt der allerheiligost sin!

[1295]Ach gott, wie rimt sich doch das so fin!
Die hůr ward bapst Johannes genempt[363] ,
Noch wend sie reden fri unverschempt: **1170**

Der bapst der sye wie er well
– Ein hůr, ein bůb, verrůchter gesell,

[1300]Ein blůthund, tyrann und wüetrich grimm –,
So stand die christenlich kilch uf im[364] ,
Und můss das glouben iederman.   **1175**

---

[358] im h. geist unter Inspiration des H. G., also unfehlbar.

[359] Verstärkende Wiederholung von 1150.

[360] Lies: machten?

[361] Die Sage von der Päpstin Johanna wird hier als geschichtliche Tatsache gegen
das Papsttum geltend gemacht.

[362] reit: ritt, sprengte. Die Säue der Gergesener, Matth. 8, oder Gadarener,
Markus 5, Lukas 8.

[363] 69 genennt H.

Da wurde sie ein ful pfulment han!
Wär sie nit bass uf Christum gebuwen,

[1305]Ich wurde dem pfulment nit wol truwen:
Ich sorg übel, es gieng in kurzer frist,
Wie Sodoma, Gomorrha geschehen ist.   **1180**

Darum so lond sie sin der sie sind;
Werdend sie uns denn schon glich vast find

[1310]Und tůnd uns in iren valschen ban:
Das hand sie doch Christo selber getan!
Ir sind nüt dest minder christen   **1185**

– Gend ir schon nit gelt in ir kisten³⁶⁵ –,
Christus brüeder, Gottes kind,

[1315]Tůnd ir das ir schuldig sind.

Pur. Amman von Maraschwil.

Gevatter amman, ir redend als ein biderman.
Sölte man den ietzigen pfaffen das alles nachlan   **1190**

Das sie erdenkend us iren stolzen eintönigen grin-
den³⁶⁶ ,
Sie wurdend uns die hut über die oren ab schinden.

[1320]Aber weltliche herrschaft die můss man han,
Das zeiget uns Christus an menchen orten an;
Weltliche oberkeit kumpt von Gott herab,   **1195**

Als Christus Pilato zů antwurt gab:
›Du hettist kein gwalt über min leben,

[1325]Er were dir denn von oben herab geben.‹³⁶⁷
So hat er ouch geben zins und zoll: **1200**

---

³⁶⁴ Nach Matth. 16, 18.
³⁶⁵ 85 f. christen – kisten: o. 430, u. zu 1392.
³⁶⁶ Die grinde (Köpfe) sind eintonig: unbelehrbar und beschränkt, eig. nur einen
Ton von sich gebend.

Das hör ich im euangelio wol[368] ,

Do Christus Petrum selber hiess,
Dass er sin züg in das wasser liess

[1330]Und bracht ein fisch an das land,
Da er das gelt innen fand
Und gab der herrschaft zoll gûtwillig,   1205

Ich mag nit wüssen wie vil schillig.
Ich kan aber noch nienen vernen

[1335]Dass er den pfaffen gelt hab gen.
Darumb, trüwen lieben landlüt,
Das lond üch ganz bekümmeren nüt   1210

Dass üch die pfaffen heftig tûnd tröwen!
Ir sönd üch des trösten und fröwen

[1340]Dass Gottes sun, unser lieber herr Jesus Christ,
Den armen hirten des ersten verkündet ist,
Nit den bischofen, priesteren, phariseien,   1215

Besunder uns puren und schlechten leien.
Noch eins tet Gott, das schetz ich hoch:

[1345]Dass er Joseph selb fürher zoch
Und wott sin reinigste mûter han
Vermehlet Joseph dem zimberman,   1220

Wiewol er arm, nit priester noch edel was:
Was grosser eer ist aber uns puren das!

[1350]Sin apostlen warend schlecht einfalt lüt,
Schlecht arm fischer, man kant sie schier nüt,
Die sitzend bi im in sinem tron: 1225

Da wend wir, ob Gott wil, ouch hin kon!
Wir bedörfend darzû kein ablassbrief.

[1355]Wie menger sitzt in der hellen tief   1230

---

367 Joh. 19, 11.
368 1200 ff.: Matth. 17, 27.

Der vil gelts um ablass hat geben:
Sie stechend minenthalb all darneben!

Pur. Zenz Klepfgeisel.

Es kan mich nit gnůg wunder nen
Wer inen das in sinn hab gen,

[1360]Den schinderlug und valsch erdichten,
Ein sölchen ablassmerkt ufrichten.
Si gend den ablass bim lot, bim pfund   **1235**

– Es ist ein büebery im erzgrund! –
Eim fúr ein krützer oder für ein kronen,

[1365]Und wenn einer sins seckels nit wet schonen,
Sie geben in für hundert tusend dukaten,
Denn went er der lieb Gott hab in wol beraten[369] :   **1240**

So hand in tusend tüfel beschissen.
Das heisst gůt schölmenbossen gerissen[370] !

Batt Süwschmer.

[1370]Gvatter Zenz, das han ich ouch dick gedacht.
Wenn man den römischen ablass bracht,
So wunderet mich wie inen das Gott vertrüeg,   **1245**

Dass sie nit der hagel von stund an da schlüeg,
Dass sie die gůttat Jesu unsers erlösers

[1375]So frevenlich verkouftend und tatend bösers,
Denn hettind sie still heimlich und verholen
Das gelt us unsern secklen gestolen.   **1250**

Man solt die ablasskrämer all ertrenken!
Sie stůndend wie kouflütknecht bi den benken

[1380]Grad glich als ob Gott ein grempler wär   **1255**

---

[369] in beraten: ihm geholfen
[370] Gute Possen eines Schelms gerissen, Schelmenstreiche gemacht, richtige
Narrenpossen getrieben.

Und verkouft eim für ein krützer schmer,
Dem andern kümich und blawen faden,

Schwebelhölzli, fulen käs voll maden,
Brisriemen[371] , haselnuss und brandtenwin,

[1385]Fenkel, suren senf ouch im häfelin –
Glich als gott ein grempler si:

[1387]Es ist im grund ein büebery![372]

1260

---

[371] brisrieme: Riemen od. Schnur zum Einfassen (brtsen) der Kleider oder zum Schnüren der Schuhe, Ärmel u. dgl.
[372] 1259/1260 Diese beiden Verse sind aufgeregte Wiederholungen von 1253 u. 1236.

Fünfter Auftritt.

Apostelszene.

Demnach do kam sant Peter und Paulus hinden
herfür und fand ein cortisanen, bi dem stånd
Petrus lang und sach den bapst an mit ougen-
spieglen und sunst, und kunt in nit g n å g ver-
wundern[373] wer der wäre, der so mit grossem
volk, richtům und bracht uf der menschen achs-
len getragen ward; fraget zůletst den cortisa-
nen:

Petrus.

[1466] Lieber priester, sag mir an:[374]   **1261**

Was mag doch das sin für ein man?
Ist er ein türk oder ist er ein heid,
Dass man in so hoch uf den achslen treit,[375]

[1470] Oder hat er sunst gar kein fůss,   **1265**

Dass man in also tragen můss?

Cortisan. Virgilius Lütenstern.

Sidmal und du selb Petrus bist:
Weistu denn nit wol wer er ist,
üas sol mich billich wunder nen.

---

373 nit verwundren wohl flüchtigerweise für nit gnůg v.

374 1261–1546 Diese Szene schloß in H richtig an die dort verlorene Bauernszene
an, wie sich auch aus der unvollständigen Hs. noch deutlich ergibt; in sämtlichen
Drucken (wonach B) sind mehrere Bruchstücke der Musterungsszene (Reden des
Hauptmanns, der Stradioten, der Palikaren, der Eidgenossen, der Landsknechte,
der Reisigen, sowie des Papstes) zwischen die Bauern- und die Apostelszene
hineingeraten: s. o, Einführung S. XIX ff. und Beitrr. a. a. O. 90². Die Anordnung
in H und in unserm Texte macht den Gang des Stückes erst wieder verständlich.

375 Ebenso PCG, B 90. Dort wie hier ist die päpstliche Tragsänfte, sedia
gestatoria, gemeint.

[1475] Doch wil ich in zů erkennen gen: 1270

Der mann den man da also hoch treit,
Ist der gröst in der christenheit.³⁷⁶

[Er ist ein bapst zů Rom und witer me
Künig in Sicilien und Trinacrie,

[1480] Herr der inselen Sardinen herum, 1275

Corsia, das land Biuarium,
Thusca, herzog ouch zů Spollet,
Benesin er ouch mit gwalt in het
Und markgrafschaft Ancon, Masca, Sabin;

[1485] Trebarie, Rom, Andiol sind sin; 1280

Campanien, vil land am meer und grosse
stett,
Banonien, Verrer, Beneuent er ouch hett,
Perus, Auion, Castell die gůte statt,
Tudert und anders das er sunst me hat;]

[1490] Darzů ist er uf erd ein gott: 1285

Das du vorus wol wüssen sott,
So er doch din statthalter ist
Und der allerheiligst christ.

Petrus.

Das sind mir frömbd und ungehört sachen!

---

³⁷⁶ Die zwölf Verse 1273–84 könnten mit ihren öftern anakoluthischen
Wendungen und ungeschickten Wiederholungen wohl ein späterer Zusatz,
vielleicht wieder des Druckers, sein. 1272 und 1285 würden sehr gut aneinander
anschließen; die Namen erscheinen sehr willkürlich und ohne Ordnung gewählt,
Trinacria ist der antike Name Siziliens; die inselen Sardinen: Sardinien; Corsia:
Korsika; Biuarium: das Land am See Bivieri in Sizilien(?); Thusca: Toskana;
Spollet: Spoleto; Benesin: Benesse in Frankreich(?); Ancon: Ancona; Masca:
Massa; Sabin: Sabinerland; Trebarie: Trevi; Andiol: Dorf in Frankreich im Bezirk
Arles(?); Campanien: die gleichnamigeLandschaft oder die Campagna um Rom;
Banonien: Bologna; Verrer: Ferrara; Beneuent: Benevento; Perus: Perugia; Auion:
Avignon; Castell: Castellamare; Tudert: Todi (Bächt.).

[1495] Wie könd ich doch ein statthalter machen   **1290**

Über sölich land und lüt?

Ich hatt doch uf ertrich nüt.

Woher kommend im die richen land

Zů sinem gwalt und grossen stand?

[1500] Ich weiss ouch nit gar wol darvon   **1295**

Ob ich ie gen Rom si kon.[377]

Bin ich in sölchem gebracht[378] da gesessen,

So hab ich sin doch warlichen ganz verges-
sen.

Cortisan.

Alles das er tůt und lat,

[1505] Land und lüt und was er hat,   **1300**

Das wirt von im fri unverschempt

Sant Peters eibteil allweg genempt.

Petrus.

Da wirt die warheit wüest verderbt!

Wie könd er's han von mir ererbt?

[1510] Ich hatt doch weder gůt noch gelt,   **1305**

So bin ich vor hie in der welt

Ein schlechter armer vischer gsin:

Der stett noch land ward nie keins min.

Cortisan.

Ach Peter, du bist nit recht daran:

---

[377] Legende von einem Aufenthalt des Petrus zu Rom und seinem Märtyrertod daselbst. Nach der Überlieferung starb Petrus zu Rom unter Kaiser Nero.

[378] gebracht, bracht: Lärm, Hoffart.

[1515] Du möchtist sin wol vergessen han!   1310

Es ist úber fierzehen hundert jar
– Und seit' ich noch me, so redt' ich war –,
Dass du zů Rom gewesen bist,
Als in der kroneck geschriben ist,

[1520] Die ist gemacht durch witzig lüt: 1315

Du weist schier von alter nüt.

Petrus.

Ich weiss wol was ich ie hab tan:
Wie könd ich das vergessen han?
Ich weiss min sach wol, wie und wenn;

[1525] Das ist ein gesell den ich nit kenn   1320

Er treit von gold ein drifach kron:
Die ist mir uf min houpt nie kon.
Ich bekennen weder in noch sin gsind
Und weiss bi minem eid nit wer sie sind.

Cortisan.

[1530] Peter, du solt wissen dass er ist   1325

Der aller grossmechtigeste Christ:
All künig, fürsten in christenlanden
Die stond in sinem gebot und banden.
Der keiser ist der obrist in der welt.

[1535] Dem zůgehört tribut, schatz und gelt   1330

Und ist vil grosser eren wert:
Der můss in fürchten wie ein schwert.
Der bapst hat die kronen in gewalt,
Er gibt sie dem keiser ob es im gefalt.

[1540] [Wenn er sie denn von im erbitt,³⁷⁹   **1335**

So gibt er im sie dennocht nit,
Er wirt für in nider knüwen müessen
Und im den bapst erst mit den füessen
Die kron lon setzen uf sin keiserlich houpt.

[1545] Doch ward Maximilian vom bapst erloubt   **1340**

Dass er die kron in tütschem land empfieng
– Das zwar on gross gelt und bitt nit zůgi-
eng –;
Můsst ouch vorhin brief und sigel schriben,
Den bapst bi sinem gwalt lassen bliben,

[1550] Und im die kron us grossen gnaden   **1345**

Wär geschickt, des bapsts friheit on scha-
den.³⁸⁰]
Peter, du solt das warlich wüssen
Dass im all fürsten die füess küssen.
Er hat ouch sölich macht und gwalt,

[1555] Dass er gebütet was im gefalt: **1350**

Er macht gsatz und ordnet gebot,
Do man nit findt dass sie ie Gott
Gefordret hab und geboten zů halten;
Ja er spricht, er söl an Gotts statt walten,

[1560] Und wer im welle reden drin,   **1355**

Der müesse ewig des tüfels sin,
Und wer nit haltet sin gebot,
Dem wäre wäger dass er Gott

---

³⁷⁹ Die 12 Verse 1335–1346 scheinen wiederum spätere Einschiebungen für den
Druck zu sein. Im übrigen enthält die Stelle eine dem Dichter sehr geläufige
papstfeindliche Anschuldigung: der Papst verlange daß der Kaiser sich von ihm
die Krone mit den Füßen aufs Haupt setzen lasse; vgl. Barbali (Bächt.) 1064.
³⁸⁰ 44–46 ›dass er des Papstes Vorrecht wolle bestehen lassen und daß ihm (dem
Kaiser) die Krone aus großer Gnade zugeschickt worden sei, unbeschadet der
Freiheit des Papstes‹.

Und alle sine gebot verschatzt

[1565] Denn dass er bräch das bäpstlich   **1360**

Doch wer im gelt gibt, und des vil,
Der kouft von im wol was er wil,
Den himmel gibt er ouch ze koufen.
Sine krämer in allem land umbloufen

[1570] Und gebend brief und sigel drum   **1365**

Dass man von mund zů himel kumm[381] .
Die seelen mag er us dem fegfür nen:
Gott gebe wie gott sin urteil habe gen,
So grift er drin wie es im gefalt.

[1575] Ich sag dir, Peter, er hat den gwalt,   **1370**

Dass er ein mag dem tüfel geben
Ob es im gefalt und ist im eben,
Hüet dich, Peter, und red im nit darin,
Wiltu anders ouch nit[382] in dem ban sin!

Petrus.

[1580] Herr behüet, herr behüet! ist das war   **1375**

Dass er sich darfür usgeben getar
Und sich ein gott uf erden schetzt?
Ich hab in warlich nit gesetzt.
Das ist doch freflen wider Gott!

[1585] Ich was ein schlechter armer zwölfbot;   **1380**

Gott hat mir grosse sünd vergeben
Und mich erwelt in ewigs leben
Durch das verdienen Jesu Christ   (861)

---

[381] D. h. ›sowie der Ablaß mit dem Munde ausgesprochen ist, fährt die Seele in den Himmel‹.

[382] ouch nit: lies nit ouch?

On den nút selig wirt noch ist.[383]

[1590] Der ist allein got und rechter her,   **1385**

Der gibt den himel, sust nieman mer,
Der gibt den lon um gůt und boᵉs:
Ich gloub nit das man's mit gelt abloᵉs;   (865)

Wer imm glŏpt und sin pot halt,

[1595] Der fúrcht keins băpsts noch menschen
gwalt;   **1390**

Sin blůt das fúr uns ist vergossen,
Ist zů Rom nit inbeschlossen[384] ,
Noch niemant hat gwalt drúber uff erden: (870)

Wer gnad begert, dem mag sy werden.

[1600] Wie mag er der allerheiligest sin   **1395**

Der fúrchten můss die hellischen pin?
Des nammens sind vil[385] in der hell!
Er ist ein grossmechtiger *gsell*[386] .   (875)

Kein zwelffpot noch euangelist

[1605] Me denn heilig genempt worden ist: **1400**

So er denn der aller heiligest heisst
Und in niemant zů sträffen weisst,
So wer er doch genzlich wie got: (880)

Pfú dich, schand, laster und spott!

---

[383] Hier setzt nach der großen Lücke 861–1383 die Hs. H (Burg S. 39) wieder ein,
deren Schreibung, sowie (in runden Klammern rechts) die Verszählung nach
Burg, wir nunmehr wieder aufnehmen.

[384] nit in der kisten beschlossen B (womit die mehrerwähnte römische Kiste – o.
430. 1186) hier wieder hereingebracht ist.

[385] des n. vil: Viele seines Namens, d. h. Päpste.

[386] xell H.

Curtisan zu Petrum.

[1610] Petre, Petre, ich dar nút me sagen!   **1405**

Du hast Malcho das or abgschlagen:
Du mochtist mir den grind zerspalten,
Den will ich lieber ganz behalten!   (885)

[ch komm dir nit so wyt in d'haᵉren[387] !

[1615] Was meinstu mit dem fischerberen[388] ?   **1410**

Ich wond du soᵉttest zwen schlússel han
Zum himel und uns all inhin l*a*n[389] .

Petrus zum Curtisanen[390] .

Die schlüssel zum himel han ich nit allein: (890)

[1619] Sy wurdent allen cristen gmein.
Sy hangent nit zů Rom an der wand,[391]   **1415**

Kein mensch h*a*̈t s'[392] allein in der hand;
Got lătt inn himel wen er wil,
Des băpsts brief aber geltent nit vil.   (895)

[1620] Mit vischen han ich mich begangen,
Demnach han ich die menschen gfangen,   **1420**

Uss dem wasser der finsternuß
Gebrăcht in des lebentigen bronnen fluß:
So văcht der băpst mit sinen dryen kronen   (900)

[1625] Die menschen ietz mit bŭchsen, cartonen[393]
            ⁄   **1425**

---

387 häre(n), härre(n): Fallstrick, Falle, Netz.

388 baere, bere: Fischernetz.

389 lon H.

390 Curtizanen H.

391 1415–1418 f. B. Die vier in B fehlenden Verse dieser Rede des Petrus scheinen
ebenso gut-Manuelisch als die Plusverse der Drucke nach 1426 und nach 1428
müßige und teilweise wiederholende Einschiebungen sind.

392 h?ts H.

Hellenbarten, schwert, messer, spiessen,

[1628 f.] Durch grosses mord und blůtvergiessen.

[1631] Das blůt schryt rǎch uff zů gott;³⁹⁴

[1630] Vil farend zů der hellische*n*³⁹⁵ rott.　　　(905)

Er sol sich nútt mins namens nemmen:

[1635] Wir rimend uns gar úbel zemmen.　　　**1430**

Petrus zům Paulum.

Paule, lieber brůder min, was dunkt dich?
Der *da wil*³⁹⁶ úberreden mich:
Der gross keiser den man da treit　　　(910)

In sollicher hoffart und rychlikeit,

[1640] Der hey das rych, den gwalt und zier　　　**1435**

Alles sampt ererpt von mir,
Ich hab in zum stathalter gmacht.
Han ich dann soᵉllichen herlichen pracht³⁹⁷　(915)

Gefuᵉrt³⁹⁸ uff erden, so wundertz mich.

[1645] Drumm sag an: was dunckt doch dich,　　　**1440**

Wes stathalter er doch syg?
Din meinung mir nit verschwig,

[1646] Denn ich weiß nit ein wort darvon　　　(920)

---

³⁹³ cartonen: Belagerungskanonen. Sechs Jahre später sagt Manuel ähnlich (in Anlehnung an 1. Sam. 17, 47 wie hier) vor dem Zürcher Rate: mit Spießen und Hellebarten könne man den Glauben nicht einpflanzen (Bächtold XLIV). – Nach 1426 2 weitere Verse B.

³⁹⁴ 1427/28 umgestellt B.

³⁹⁵ hellische H.

³⁹⁶ wil da H.

³⁹⁷ 1438–43 um 2 Verse kürzer B.

³⁹⁸ Gerfůrt H.

Und ist mir in min sin nie kon.

Ich han gelept nach Cristus leer   **1445**

Und mein, es erfind sich nimmermer

[1650] Das ich hey wellen sin der gro^est,
Denn hoffart ist das allerbo^est.[399]   (925)

[1652–58] Cristus hat mir die fůß geweschen;
Do was ich nút dann kăt und eschen   **1450**

[1662] Do er das selbig hăt gethăn[400] :
Wie do^erft denn ich mich understăn[401] ,
Der oberst undern cristen zsin[402] ?   (930)

[1665–69] Min lon der wer die hellisch pin!

P a u l u s z ů m P e t r u m .

[1670] Fürwar, ich kenn in och gantz[403] nútt,   **1455**

In und alle sine lút;
Doch so kennt man inn warlich darby,
Ob er din stathalter sy[404] :   (935)

Tůt er die werch die du hast thăn[405] ,

[1675] So mocht man's im dester ee nachlăn[406] .   **1460**

Ist's das er das gotzwort fryg verkúnt,   (940)

---

[399] Anspielung auf Matth. 18, 1; Mark. 9, 34; Luk. 9, 46. Die Drucke fügen dieser einfachen Erwähnung eine weitläufige theologische Erklärung (1652 ff.) mit Benutzung von H 1449 (Fußwaschung, Joh. 13, 1–11) bei, die jedenfalls dem alten Bühnenstücke fehlte: nach 1448 folgen dort auf 1449/50 die 10 Vss. B 1652–1661, worauf unser Vs. 1451 eingeleitet wird mit so er.

[400] gethon H.

[401] underston H.

[402] sin H, zů sin B.

[403] gantz och H (Schreibf.).

[404] syg H.

[405] thon H.

[406] nach lon H.

Schúcht daran nit fyendt noch frúndt;
Bekert er och daran die juden und heiden

Die von Cristo sind gescheiden;

[1680] Weidet er die schäff Christi vergeben,   **1465**

Setzt fúr sy sin lyb und leben;
Súcht er kein eer in diser welt,
Hät er kein lust zů gold noch gelt;   (945)

Lidt er armůt und wil sin verschmaecht

[1685] Und das man inn in tod duraecht;   **1470**

Ist er ein diener aller gmein,
Hät er sin hoffnung in Got allein
Und ist sin wonung bi den armen: (950)

Wend inn och alle menschen erbarmen,

[1690] Ist er fridsam und niemant schad[407] ,   **1475**

Halt er die pott Gotz styff und grad
Und darzů alle sine raett:
Ja wenn er das alls sammen thaet,   (955)

Denn wettind wir inn frägen wer er wer,

[1695] Ob im sin gwalt von Got kem haer!   **1480**

Petrus antwurt Paulo.

Er hatt kein predig nie gethan[408] ;
So saech er och keinn armen an;
Binn schäffen lät er sich och nit finden,   (960)

[1699] Er well sy denn fressen oder schinden.[409]

_____

[407] schad Adj.: schädlich.

[408] gethon H.

[409] Nach 1484 folgen die Vss. 1489–1492 B: daß diese Vss. nicht hier anschließen
wie in den Drucken, sondern in H und bei uns an den richtigen Stellen stehen,
zeigt der Parallelismus der Antwort des Petrus auf die einzelnen Punkte der
Rede des Paulus. Nach 1486 zwei weitere Zusatz-Vss. B.

[1704] Er duraᵉcht selb das cristenblůt   1485

        Mit grossen kriegen die er thůt;

[1706 f.] Er wil och nit sin veracht,

[1709] Sonder fuᵉrt den allerhoᵉchsten pracht;   (965)

[1700] Er dienet nit einer ganzen gmein:
        Er wil das im all welt allein   1490

        Gehorsam syg in sinem pott;

[1703] Er wil gefúrcht sin me dann got.

[1710] Nút gytigers ist ietzmal uff erden,   (970)

        Dann im kan nienen gnůg werden;
        Nút onghorsamers lept ietz z'mǎl: 1495

        Er lydet kein strǎff úberal;
        Er lept nach allem sinem lust:

[1715] Da ist kein armůt noch kein prust;   (975)

        Wer wider inn redt und dennckt,
        Dem wirt es nit liederlich geschenckt,   1500

        Er verflůcht inn in abgrund der hell:
        Paule, alzo ist der bǎpst ein *g*sell!

              Paulus antwurtet Petro.

[1720] So er dann nit prediget und lert   (980)

        Und die lút nit zum glouben kert

[1723] Und lept, wie du mir hǎst geseit,   1505

[1722] Ist rych, kostlich, wollustig bekleit
        Und ein regierer weltlichs brachts –:

[1725] So wandlet er finster und nachts,   (985)

        Nit nach dem liecht und Cristus leer,
        Sůcht wie er sin wollust mer,   1510

Vergússt[410] des cristenblůts[411] och vil:
So thůt er grad das widerspil

[1730] Das Cristus uns hat glert und potten: (990)

Darumm ist sin och wol zů spotten,
Das er wil sin ein stathalter Criste[412]   **1515**

Und brucht so gar des túffels[413] liste!
Wir wend mit im nútz ze schaffen han:

[1735] Got ist der, der selb als wol kan   (995)

Zů siner zyt bringen ann tag;
Der ist der her der alle ding vermag.   **1520**

Petrus zum Paulum.

On zwyfel brucht er das widerspil,
Als ich dich denn berichten wil.

[1740] Cristus ist darumm fúr uns gestorben,   (1000)

Das er uns gnad hat erworben.
Und das wir moᵉchtind ewig leben,   **1525**

So hat er sich inn tod ergeben,
Dardurch er uns erlöste uss noᵉtten.

[1745] So låt der båpst[414] vil tusent toᵉdten   (1005)

In schlachten, stúrmen und schalmútzen,
Die er solt beschirmen und beschútzen.   **1530**

Das hat er thon on alle zal,
Uff einen tag zum dickern mål

[1750] *Ertoᵉtet menig* tusent man[415] ,   (1010)

---

[410] Vergüst H.
[411] das Cristen blůt H.
[412] Cristi H.
[413] tuffels H.
[414] båpst] blůtswolf B.

Das er grosse herschafft múg han.

[1752 f., 1754]Vill wib und kind die kommend umm;   1535

[1755] Das thůt allein der mensch[416] darumm,
Das er múg in wollust leben
Und imm alls ertrich werd ingeben,   (1015)

Und wil darzů den nammen han,
Er hab's alls an Gottes stat getan.   1540

[1760] Doch Got der kein fru^emess[417] verschlăfft,
Der lătz die lenge nit ongstrăfft.
Darby wend wir's ietz bliben lăn: (1020)

Es mag die lenge nit bestăn.
Wie wol er der allerheiligest gheissen ist,   1545

So hiess er billicher der widercrist![418]

---

[415] 1531–1533 Die lat er toeden zum dickermăl Das hat er thon lang on alle zal Uff einen tag vil tusent man H. Nach 1534 2 weitere Vss. B. Der in Unordnung geratene Text von H wird hier durch den von B gebessert, das hinwider nach 1534 die Überlieferung verdorben hat.

[416] der schlang (B) für der mensch scheint, wie oben 1528 blůtswol für băpst, eine nachträgliche Verschärfung des Ausdrucks zu sein.

[417] fruemess] übels H.

[418] 1543–46 Dieser kräftige Schluß und Abgang der Szene in H scheint durchaus Mauuelisch (zum Papst als Widerchrist vgl. o. 902. 933) und dürfte in den Drucken aus Versehen weggeblieben sein.

Sechster Auftritt.

Musterungsszene.

Băpst[419] zů den cardinaᵉlen.

Wolan, woluff, wir wend inn rătt,
Zů betrachten, wie wir unsern stătt (1025)

Behaltind und och wyter merind

[1765] Und wie wir aller welt erwerind **1550**

Das niemand uns doᵉr[420] reden drin:

[1768–73] Wir wend allein gefúrchtet sin.[421]
Wir muᵉßent ordnen unser her, (1030)

Hŏptlút, reisig und ander mer,

[1775] Hŏptman zum gschútz und knecht ze fůss **1555**

Und anders das man haben mŭss:
Provision und alles das man brucht.

[1780/81] Der winter ietz zum poden strucht[422], (1035)

Der sommer tringt daher mit dem glentz[423],

Und sol man schnell und angentz **1560**

Ein aplăß fuᵉren in Tútsche land

[1785] Damit man bringt vil gelt zur hand
Damit der zúg besoldet werd (1040)

---

[419] Bapst.

[420] doer (unten 1608 thar): wage, sich unterstehe.

[421] Nach 1552 6 weitere Verse (1768–1773) B: im wesentlichen Wiederholungen früherer Reden des Papstes (817. 857) und des Ritters (870).

[422] Statt 1557/58 4 Vss. (1778–1781) B.

[423] G(e)lenz: Lenz, Frühling. Es ist der Frühling 1523 gemeint, in dem auch die Aufführung unsres Fastnachtsspiels stattfand.

On roᵉmsche bladung und beschwerd.

Der cardinal spricht[424] !

Heiliger[425] vatter, das sol beschehen!   **1565**

Wir kúnnend wol einen krieg ansehen,

[1790] Das cristenblůt gemm[426] himel sprútzt.

Von herzen gern hoᵉr ich das gschútzt[427]   (1045)

Und lieber dann die vesper singen:

Min herz fâcht an in froᵉden springen!   **1570**

Hoptman zum gschútzt.

Heiliger vatter[428] , geschútzt und zúg[429]

[1795] – Sond ir wissen, das ich nit lúg –

[Das ist nach allem vorteil grúst,   (1050)

] Gefasset und suber usgewúst[430] .

---

[424] Cardinal. Kilianus Wüetrich B. Dieser in den Drucken hinzukommende
Name des Kardinals, der als Gestalt wohl wiederum dem Schweizer Landsmann
Kardinal Schiner entspricht, könnte von dem Zürcher Drucker als ironische
Anspielung auf den streitbaren Pfarrer und Dekan von Münsingen bei Bern,
Peter Wüstener, den Ankläger des Helfers Brunner, der Personenangabe
beigefügt worden sein; Beitrr. a. a. O. 97. 101.

[425] Hellischer v. B. Die Anreden hellischer (höllischer) und heiloser
(unheilvoller) vatter (in B 1788. 1794) sind wohl nur verschärfende
Verdrehungen des ursprünglichen Textes (H) zum Behuf der Aufführung;
weiterhin erhält der Papst auch in B (1398. 1416 [bei uns u. 1599. 1619]. 1802) von
seinen Kriegsleuten die gebührende Anrede.

[426] gemm H (aus ge[ge]n dem, wie o. 708).

[427] geschútzt(: sprútzt), wohl aus geschützede (wie gsatzt [aus gesatzede, neben
gesatz]:verschatzt, o. 1359/60 (1564/65 B]. gschütz: sprütz B.

[428] Heiloser v. B.

[429] 1571–74 abgeändert und auf 2 Vss. verkürzt B.

[430] usgewús[ch]t: diese gute Einzelheit aus dem Geschützdienst fehlt in den
Drucken, die hier stark zusammenziehen.

[1796] Bulfer und stein da ist kein prust[431] :   1575

Es hat's[432] kein herr mit sollichem lust.

Reisigen hand ir einn mechtigen gschwader[433]

'
Und alles das da dienet zum hader,   (1055)

[1800] Das ist gerúst zum allerbesten:

Nun wend wir dran von fryen esten!   1580

Deranach kamend allerlei kriegslüt von frömb-
den landen zů ross und fůss, begertend dienst
von dem heiligen vater; der ward inen mit erli-
cher besoldung zůgseit.[434]

Hŏptman zunn reisigen.[435]

Ir kriegslút[436] und ir bschornen gsellen[437] ![438]

[1445]Wend ir mich annen[439] und bestellen?

Ich han ein rott, zweihundert glen;   (1060)

Wo ir uns wellend besoldung gen,[440]

---

431 prust (aus gebrust): Gebrechen, Mangel.

432 hat's B] 's f. H.

433 Das fremdartige Wort geschwader wird offenbar von Manuel (oder dem Schreiber von H?) als Mask. gebraucht. In B bestimmter: fierhundert geschwader.

434 Die Bühnenanweisung vor 1581 ist in den Drucken an ganz unmögliche Stelle eingeschoben: vor 1589 (B vor 1388).

435 Die 8 Vss. (1581–88) des Hauptmanns der Reisigen, die in 1577 vom Geschützhauptmann angekündigt waren, stehen in B (1444–1451) an unmöglicher Stelle vor der ebenfalls falsch eingereihten Schlußrede des Papstes: sie gehören (laut H) hierher, hinter die Rede des Geschützhauptmanns.

436 Hoscha ir k.B.

437 xellen H.

438 Anrede an die kriegerischen Tonsurträger des päpstlichen Heeres.

439 annên: annehmen.

So wend wir dran an *ú*wer[441] vigend,   **1585**

Das wyb und kind mortlich schrigend[442] .

[1450]Wir hand einn lust und fröud[443] darzů,
Uns ist nit wol mit frid und *rŭ*[444] .   (1065)

Höptman der Strodiotten[445] [446] .

Wo sind ir kriegslútt, bischöf und pfaffen?
Wenn ir úwern nutz wol wend schaffen,   **1590**

[1390]So nemend och min gsellschafft an:
Ir wend doch recht blůtvergiesser han!
Der han ich ietz vierhundert hie,   (1070)

Die sind in za^ehen jaren nie
Anderst glegen dann zů feld.   **1595**

[1395]Wend[447] ir uns geben sold und gelt,
So wend wir úch helfen kriegen,
Daß sich der himel mo^echte biegen[448] !   (1075)

Höptman der Pellkaner[449] .

---

[440] 1583/84 in B (1446/47) umgestellt und abgeändert.

[441] uwer H.

[442] schriend H.

[443] frod H.

[444] rŭw H.

[445] Strodiotten (Stratioten): leichte Reiterei aus Albanien. Der Name ihres Befehlshabers Francisco Gristelva in B konnte ein entstellter geschichtlicher sein.

[446] Die Hauptleute von Vs. 1589 an (der Stratioten, der Pellkaner, der Eidgenossen, der Landsknechte) gehören (laut H) hinter die zwei obersten Befehlshaber, den Geschütz- und den Reisigenhauptmann, und nicht an die Spitze aller Sprecher wie in den Drucken (B).

[447] Ir pfaffen [kriegschen pf. B] w. H. Diese neue Anrede nach 1589 ist sicher unecht.

[448] mŭß b. H (möchte nach B, vgl. o. 690).

Her *der*[450] băpst, ich bin her kommen,
Das[451] ich nun lang zyt han vernomen   **1600**

[1400]Wie ir ein frier krieger syendt,
Und uns och vor dem túffel fryend,

[Das er niemant in d'hell thar tragen[452]   (1080)

] Der in úwerm dienst wirt erschlagen.

[1402]Wenn úch der túffel nit fo^erchte bsunder[453] ,   **1605**

So wer es doch gar nit ein wunder
Das er eins măls mit gwalt her kem

[1405]Und uns all mit enander nem.   (1085)

Ich hab úch dienet vor langen jăren,
Do wir zů Ravennen wăren   **1610**

[1410]Zů Ro^emelen, Bis*coi*en[454] und umendum:
Darumm ich ietz wider zů úch kumm.
Darzů an der Venediger schlacht[455]   (1090)

---

449 Pellkaner] Italianer B: Abänderung wegen Fremdheit des Namens und des Volkes; es sind die Palikaren (Kriegsleute aus Thessalien und Makedonien) gemeint.

450 der B, f. H. Durch die ganze Rede an stelle der 2. Ps. Pl. in Anrede und Verbum die 2. Ps. Sg. B (wie nachher [1622 f. 1629] in B und H noch von seiten der Eidgenossen).

451 Aus dem Grunde dass.

452 1603/04 f. B, ist aber unentbehrlich als Begründung für die ›Freiung‹ der Papstkrieger vor dem Teufel: wäre sie nicht wirklich, so hätte der Teufel sie und den Papst schon längst geholt.

453 bsonder H. Statt 10 in B 3 Vss: Demsals do wir an dem ostertag waren Zů Ravenna an dem grossen strit. Da hattend wir zwar vast übel zit, die erweiternder Zusatz scheinen, obwohl geschichtlich begründet: am Ostersonntag (1. April) 1512 siegte bei Ravenna Frankreich über die Heilige Liga.

454 Bisseren H.

455 Sieg Ludwigs XII. über die Venediger bei Agnadello an der Adda, 14. Mai 1509.

122

Hab ich den minen wol ufgemacht[456] .

[Wend ir mir aber soldung geben[457]   **1615**

] Und minen *g*sellen[458] och darneben,
So wend wir drin schlahen wie es ghört

[1415]Bis das land und lút wirt zersto^ert.   (1095)

     D e r   h o p t m a n   d e r   e i *d* g n o s s e n[459] .

Allerheilegester vatter, ich zúch dahar
Und bring mit mir ein grosse schar   **1620**

Frommer redlicher eidgenossen:
Sy sind dir och bisher wol erschossen;

[1420]Hand vill umm dinentwill erlitten,   (1100)

Vor langer zyt gar mannlich gstritten

[Wider die Túrcken uff der Tyber,[460]   **1625**

Beschirmpt zů Rom man und wyber
Und die fyend mannlich vertriben

] (Das findt man in den cronicken geschriben).   (1105)

[1422]Wiltu nun uns besolden wol,
Wie man kriegslút billich sol,   **1630**

So wend wir dienen frommklich und recht

---

[456] wol ufgemacht, bildlich: ihnen beim Angriff voranschreitend gute Musik
gemacht (wie der Tod?). B ersetzt das Bild durch eine platte Redensart.

[457] 1615 f. f. B.

[458] xellen H.

[459] eignossen H.

[460] 1625–28, in B weggelassen, beruhen auf der Fabel eines Römerzuges der
Schwyzer und Hasler in der Schrift vom ›Herkommen der Schwyzer‹
(15./16. Jh.).

[1425] Als redlich, erlich eidgnossenknecht!

Hŏptman der landzknecht.461

Ir gotzpriester, ir tempelknecht!   (1110)

Ir habint glich laᵉtz oder recht,
So wil ich's trúlich mit úch han,   **1635**

Und solt der boden undergₐn462 !

[1430]Ich han sechshundert lantzknecht,
Sy sind dem bǎpst uss der mǎssen recht: (1115)

Sy kúnnent schlahen, rissen463 , kratzen464
Und sind nun recht alt kriegskatzen,   **1640**

Mit knebelbaᵉrten, wild zerschnitten,

[1435]Und hand in kriegen vil erlitten.
So ir pfaffen kriegslút begaᵉrend;   (1120)

Wo wir úch zŭ gfallen waᵉrend465 ,
Das ir uns erlich bezalen wellen,   **1645**

So wil ich úch466 mit minen gsellen467

[1440]Dienen, das och468 der boden kracht!
Botz hirn, botz marter, krafft und macht!469   (1125)

---

461 Der in B dem Hauptmann zugeteilte Name Graf Dietrich von Tierwolfen
könnte auch eine historische Anspielung enthalten – vielleicht auf Georg von
Frundsberg, den die Eidgenossen vor Jahresfrist (an der Biccocca 1522) und
später (1525) im Tiergarten bei Pavia zum Gegner hatten.

462 vnder gon H.

463 bissen B.

464 1639 f. umgestellt B.

465 waerind H.

466 uch H.

467 xellen H.

468 och f. B.

124

Wir wellend froᵉlich wăgen die hút

[1443]Als erlich redlich kriegslút!   1650

Der băpst⁴⁷⁰ zunn kriegslúten.

[1452]Lieben kriegslút, sind Got willkommen!
Vwer red han⁴⁷¹ ich gern vernomen
Und sag úch zů dienst jar und tag.   (1130)

[1455]Das ist min gmuᵉt und anschlag
Zů kriegen, stryten und zů fechten: 1655

Darumm so tarff ich wol vil knechten.
Ich wird úch schicken ein cardinal⁴⁷²
Der úch all mustery und bezall   (1135)

[1460]Und gib úch da paner und zeichen.
Wir wend, ob Got wil, gůt púten reichen.   1660

Gand⁴⁷³ hin und fúllend úch mit gůtem⁴⁷⁴ win,
Machend gůt gschier⁴⁷⁵ ertig und fin!
Es můß einr psalen⁴⁷⁶ und wirt drumm
gschint⁴⁷⁷ :   (1140)

---

⁴⁶⁹ Das Fluchen und Schwören der Landsknechte wird von Manuel auch im
Biccoccalied verspottet.

⁴⁷⁰ Bapst H.

⁴⁷¹ Uwer r. hand H.

⁴⁷² 1657 ff. Kardinal Schiner, Bischof von Sitten, hatte 1512 den Schweizern
päpstliche Geschenke, namentlich besondere Zeichen in ihre Banner, ausgewirkt.

⁴⁷³ Gond H.

⁴⁷⁴ gůtez H.

⁴⁷⁵ M. g. gschier: ›Laßt's euch wohl sein!‹ vgl. o. 571.

⁴⁷⁶ bezalen B. psalen H ist älteres (mhd. seln, sellen, engl. sell, noch ma. psalə)
Synonym von bezalen (wie B hier, und – gemeinsam mit H – 1658 u. ö. schreibt).

⁴⁷⁷ b. der nit dran sint B, veranlaßt durch die ungewöhnliche schwache Form
gschint des urspr. Textes.

Ein pur der d' schů mit widen bint![478]

Do gab inen der bapst den segen und fůr das
volk und alles dahin bis an den doctor, der redt
zůletst.[479]

---

[478] D. h. ein ganz armselig beschuhter, also völlig armer Bauer. Vgl.
›Bundschuh‹.

[479] Bühnenanweisung nach 64 f. H. Diese Bühnenanweisung war aus B
aufzunehmen, aber im in inen zu ändern: jenes ist von B nur gesetzt der
eingeschobenen Rede des Kardinals wegen, der aber doch sicher den Segen des
Papstes nicht allein erhalten kann.

Siebenter Auftritt.

Gebet des Doktors.

Doctor Lúpolt Schúchnit[480].

[1834] Ach her Jesu Crist, du groᵉste[481] găb,   **1665**

[1835] Du bist uns geschenckt von himel herab,
Das du all die has*t*[482] selig gemacht,
Die dich bisher darfúr hand geacht,   (1145)

[1838] Wer[483] in dich glopt und halt din pot[484]

[1841] Und sůcht sust keinn anderen got   **1670**

[1842] Denn vatter, sun, heilige*n*[485] geist!
Du bist der der[486] unsern presten weist
Und hast das selb in menschlicher natur   (1150)

[1845] Erlitten: hunger, turst, hitz und kelty sur,
Desglichen och des túffels argen list,   **1675**

Von dem du selb angevochten bist!
Darzů hat dich die welt duraᵉcht[487] ,
Damit du uns zů eren braᵉcht[488] .   (1155)

---

[480] Lŭtpold B. Schŭchnit H, Schŭch nit B. Lúpolt Sch. vielleicht = Berchtolt Haller: vgl. o. vor 975 und Anm.

[481] groste H.

[482] habest H.

[483] Wer: parallel zu Die 68: (und) jeden der . . .

[484] 1669 abgeändert mit Einschiebung zweier Verse, die gegen ›menschenler‹ gerichtet sind: Spur theologischer Überarbeitung?

[485] heiliger H, s. und heligen B.

[486] Nur einmal der B.

[487] duraecht]et[: verfolgt.

[488] brǎcht als Ind. Praet. 2. Sg.: brachtest, gebracht hast.

127

[1850]Ach du trostlicher suᵉsser Jesu Crist,
   Sid⁴⁸⁹ du och unser schoᵉpfer bist   **1680**

Und unser brûder, recht fleisch und blût:
Ach lieber her, mach uns och gût,
Das wir den vatter mit dir erben⁴⁹⁰ ,   (1160)

[1855]Das wir uns nit lässind verderben
Der menschen gsatz und falschen weg   **1685**

Und was uns da inn ougen leg⁴⁹¹ !
Du hast uns och so trúlich glert,
Uns hertzlich gwarnet, empsig gwert   (1165)

[1860]Vor valschen propheten, menschengyfft⁴⁹² ;
Das nit glychfoᵉrmig ist der gschrifft,   **1690**

Nit anzunemmen, denn stracks fúrgăn⁴⁹³
In dim wort das du hast verlăn⁴⁹⁴ ,
Als du och hast thăn⁴⁹⁵ in menschlichem⁴⁹⁶
leben,   (1170)

[1865]In allen sachen allweg antwurt geben:
   ›Es stăt da und da also geschriben!‹   **1695**

Dardurch hastu den túfel vertriben⁴⁹⁷ ,
Desglichen och aller glerten mund⁴⁹⁸ ,
Das dich niemand úberwinden kund.   (1175)

---

⁴⁸⁹ Sid B] So H.

⁴⁹⁰ erbind H; wegen des Reimes durch B abgeändert: mögind erben; der Verf.
schrieb hier vermutlich das gemeindeutsche erben (Ind.).

⁴⁹¹ läg B] leg H: Cj. Praet. = laege: liegen möchte.

⁴⁹² Valsch p. (Vor f.) H. p. und m. B. menschengyfft: Menschengabe oder
Menschengift?

⁴⁹³ fŭr gon H.

⁴⁹⁴ verlon H.

⁴⁹⁵ thon H.

⁴⁹⁶ menschlihē H.

⁴⁹⁷ Matth. 4, 4. 7. 10; Luk. 4, 4. 8. 12.

⁴⁹⁸ Matth. 12, 3. 15, 4 u. ö.

[1870]Hilf das wir also⁴⁹⁹ menschenleer verachtind
Und allein dein goᵉtlich wort betrachtind,   **1700**

Gantz nút uff uns armen menschen hăn⁵⁰⁰ ,
Und uns gantz froᵉlich uff dich verlăn⁵⁰¹ !
Dann in dir sind volkomen alle tugent   (1180)

[1875]Durch die wir selig werden mugent:
Sust werind wir ewig all verlorn,   **1705**

Dann wir sind all in súnden porn⁵⁰²
Und sind und thůnd nút anders den súnd;
Aber, Jesu, du bist allein der frúnd   (1185)

[1880]Der uns gnad von Got erwarb,
Da din lyb am crútz erstarb!   **1710**

Du bist der priester und das opfer bede,

[1883]Got geb was des bapsts satzung darvon rede,⁵⁰³

[1888]Ach her, hilt das uff aller diser erd
                                                        (1190)

Din⁵⁰⁴ goᵉtlich evangelium prediget werd

[1890]Cristenlich, und wol angenommen!
                                                        1715

Dann es ist lange zyt darzů kommen
Das mans hat wie ein merly zelt
Und denn grad in einn winkel gstelt,   (1195)

Und des bapsts aplăß und ban

---

⁴⁹⁹ alzo H.
⁵⁰⁰ han H.
⁵⁰¹ verlon H.
⁵⁰² 1705/06 umgestellt und geändert B.
⁵⁰³ 1711/12 bêde: rede, ›literarischer‹ Reim. – Nach 1712 weitere 4 Vss. gegen das
Meßopfer: dogmatische Ausführung von Vs. 12 für den Druck B.
⁵⁰⁴ Din] Ain H, Das war e. B.

[1895]Die műstend allweg zů forderst dran,   1720

Und so sy nit fundent[505] in der gschrifft
Das allein ir eer und nutz antrifft,
Năment[506] sy die heiden denn zů zúgen   (1200)

Damit sy am canzel[507] moᵉchtind[508] lúgen[509] :

[1900]Des ward der Arestotiles hoch gebrisen,   1725

Damit sy vast ir sach bewisen[510] .
Her, verlich din[511] gnad darzů
Das man imm furhin recht thů!   (1205)

Denn ich gloub dinem wort gestracks[512] .

[1905]Welt Got, ich kúnd mit einer[513] acks[514]   1730

Die baᵉpstlichen recht eins streichs zerschiten
– Das hieß recht wider den Túrcken stryten! –
Und die subtilen schuᵉlleren[515]   (1210)

All imm schyßhus umherkeren![516]

[1910]Es ist ein nüwer sündfluss[517] gewesen,   1735

---

505 fündent H.

506 Nomēt H.

507 an der c. H. Manuel braucht in eigenhändigem Briefe das Mask.: am kanzel.

508 mogend H.

509 lúgen [sonst liegen]: ›literarischer‹ Reim.

510 bewisen [bewisend H]: ›literarischer‹ Reim.

511 verlich gib d. H.

512 gestrax H.

513 ainex H.

514 ax H.

515 schůlerleren B.

516 Mit 1734 bricht das Spiel ab H; das Weitere hier nach B.

517 súndfluss: süddt. ›Umdeutschung‹ von sinflůt = große, lange Flut.

Das wir die narry ie hand gelesen.
Vergib uns, herr, durch din hoche güete!
Hilf dass sich fürhin iederman hüete
Vor dem den man so hoch hartreit!⁵¹⁸

[1915]Ich han im mins teils gar abgeseit.

1740

Du hast uns zůgesagt vergebung der sünd
Und dass wir durch dich sigend des vaters
fründ;
Nun bist du ewig, warhaft und frumm:
Ich darf weder brief noch sigel drum;

[1920]Du haltest was du zů hast geseit,

1745

So der schantlich lügt den man da treit
Oder füert in dem vergulten schlitten⁵¹⁹ .
Du bist nit me denn einmal geritten
Uf einem armen einfalten tier,

[1925]Glichet sich einem esel schier;

1750

Darzů so was er ouch nit din.
Din kronen die ist dörnin gsin
Und waᵉrt⁵²⁰ von aller welt verschetzt.
Min hoffnung ist in dich gesetzt

[1930]Und nit in den katsak⁵²¹ , der stirbt als ich!

1755

---

⁵¹⁸ Vgl. o. 1264.

⁵¹⁹ dem vergulten schlitten: dem Tragstuhl, vgl. o. 1264. Die nachfolgende
Gegenüberstellung des Papstes auf der Tragsänfte und Christi auf dem Esel
bildet den Kern zu dem gleichzeitig entstandenen Spiel Manuels, PCG.

⁵²⁰ ward B nach Druck G: alle andern haben wert, was (bzw. waert) richtige (bes.
schwzdt.) alte Analogieform der 2. Ps. Sg. Präs. des stk. Vbs. ist: nhd. warst.

⁵²¹ katsack: Kotsack, als Bezeichnung des sterblichen Menschen wie (ebenfalls
vom Papst gebraucht) madensack, Bb. 753.

Ach süesser Jesus Christ, ich bitten dich:
Erlücht uns alle durch dinen geist,
Die oberkeiten ouch allermeist,
Dass sie die schäfli füerind recht

[1935]Und sich erkennind dine knecht[522]   **1760**

Und nit selb wellind herren sin,
Ir eigen gedicht mischlind in
Und dinen schäflin schüttind für!
Herr, du bist doch allein die tür

[1940]Dardurch wir werdind in himel găn[523] !   **1765**

Her, erbarm dich über iederman,
Alle menschen, niemants usgenommen!
Herr, lass uns all zů genaden kommen[524]
Und verlihe uns dinen götlichen segen!

[1945]Amen. Versiglet mit dem schwytzerdegen[525] .   **1770**

End. Gott sye lob.

---

[522] sich als deine Knechte erkennen. Die folgende Ausführung bezieht sich vermutlich auf Reibungen zwischen den geistlichen Reformfreunden und der Obrigkeit zu Bern vor dem Erlaß des Reformationsmandats von Viti und Modesti (15. Brachmonat) 1523.

[523] gon B.

[524] kummen B.

[525] schwytzerdegen: das schriftstellerische und künstlerische Monogramm Manuels, der Schweizerdegen (Dolch), womit der Dichter alle seine echten Fastnachtsspiele (TF, PCG, AK, Bb) am Schluß beglaubigt.

Über tredition

Eigenes Buch veröffentlichen

tredition wurde 2006 in Hamburg gegründet und hat seither mehrere tausend Buchtitel veröffentlicht. Autoren veröffentlichen in wenigen leichten Schritten gedruckte Bücher, e-Books und audioBooks. tredition hat das Ziel, die beste und fairste Veröffentlichungsmöglichkeit für Autoren zu bieten.

tredition wurde mit der Erkenntnis gegründet, dass nur etwa jedes 200. bei Verlagen eingereichte Manuskript veröffentlicht wird. Dabei hat jedes Buch seinen Markt, also seine Leser. tredition sorgt dafür, dass für jedes Buch die Leserschaft auch erreicht wird.

Im einzigartigen Literatur-Netzwerk von tredition bieten zahlreiche Literatur-Partner (das sind Lektoren, Übersetzer, Hörbuchsprecher und Illustratoren) ihre Dienstleistung an, um Manuskripte zu verbessern oder die Vielfalt zu erhöhen. Autoren vereinbaren direkt mit den Literatur-Partnern die Konditionen ihrer Zusammenarbeit und partizipieren gemeinsam am Erfolg des Buches.

Das gesamte Verlagsprogramm von tredition ist bei allen stationären Buchhandlungen und Online-Buchhändlern wie z. B. Amazon erhältlich. e-Books stehen bei den führenden Online-Portalen (z. B. iBookstore von Apple oder Kindle von Amazon) zum Verkauf.

Einfach leicht ein Buch veröffentlichen: **www.tredition.de**

Eigene Buchreihe oder eigenen Verlag gründen

Seit 2009 bietet tredition sein Verlagskonzept auch als sogenanntes "White-Label" an. Das bedeutet, dass andere Unternehmen, Institutionen und Personen risikofrei und unkompliziert selbst zum Herausgeber von Büchern und Buchreihen unter eigener Marke werden können. tredition übernimmt dabei das komplette Herstellungs- und Distributionsrisiko.

Zahlreiche Zeitschriften-, Zeitungs- und Buchverlage, Universitäten, Forschungseinrichtungen u.v.m. nutzen diese Dienstleistung von tredition, um unter eigener Marke ohne Risiko Bücher zu verlegen.

Alle Informationen im Internet: **www.tredition.de/fuer-verlage**

tredition wurde mit mehreren Innovationspreisen ausgezeichnet, u. a. mit dem Webfuture Award und dem Innovationspreis der Buch Digitale.

tredition ist Mitglied im Börsenverein des Deutschen Buchhandels.

Dieses Werk elektronisch lesen

Dieses Werk ist Teil der Gutenberg-DE Edition DVD. Diese enthält das komplette Archiv des Projekt Gutenberg-DE. Die DVD ist im Internet erhältlich auf **http://gutenbergshop.abc.de**